Leonis
Les Gardiens
d'Outre-Tombe

Dans la série Leonis

Leonis, Le Talisman des pharaons, roman, 2004.

Leonis, La Table aux douze joyaux, roman, 2004.

Leonis, Le Marais des démons, roman, 2004.

Leonis, Les Masques de l'Ombre, roman, 2005.

Leonis, Le Tombeau de Dedephor, roman, 2005.

Leonis, La Prisonnière des dunes, roman, 2005.

Leonis, La Libération de Sia, roman, 2006.

Roman pour adultes chez le même éditeur

Le Livre de Poliakov, roman, 2002.

MARIO FRANCIS

Leonis
Les Gardiens
d'outre-tombe

Les Éditions des Intouchables bénéficient du soutien financier de la SODEC, du Programme de crédits d'impôt du gouvernement du Québec et sont inscrites au Programme de subvention globale du Conseil des Arts du Canada.

Nous reconnaissons l'aide financière du gouvernement du Canada par l'entremise du Programme d'aide au développement de l'industrie de l'édition (PADIÉ) pour nos activités d'édition.

LES ÉDITIONS DES INTOUCHABLES
816, rue Rachel Est
Montréal, Québec
H2J 2H6
Téléphone : (514) 526-0770
Télécopieur : (514) 529-7780
www.lesintouchables.com

DISTRIBUTION : PROLOGUE
1650, boulevard Lionel-Bertrand
Boisbriand, Québec
J7H 1N7
Téléphone : (450) 434-0306
Télécopieur : (450) 434-2627

Impression : Transcontinental
Infographie : Roxane Vaillant et Geneviève Nadeau
Logo et maquette de la couverture : Benoît Desroches
Illustration de la couverture : Emmanuelle Étienne

Dépôt légal : 2006
Bibliothèque et Archives nationales du Québec
Bibliothèque nationale du Canada

ISBN-10 : 2-89549-240-9
ISBN-13 : 978-289549-240-5

1
LE RETOUR

À l'ouest, le soleil était sur le point de toucher la ligne imprécise de l'horizon. Le déclin de l'astre s'achevait dans un spectaculaire flamboiement. Dans peu de temps, la fraîcheur de la nuit viendrait chasser la chaleur oppressante du jour. Depuis une semaine, les pas de Leonis et de ses compagnons traçaient une bande étroite sur la surface vierge de l'étendue désertique. Le paysage aride qui les entourait semblait se déployer jusqu'aux confins du monde. Les voyageurs avaient l'étrange impression de ne pas progresser. Ils étaient tout de même heureux et fébriles, car ils savaient que chacune de leurs enjambées les rapprochait un peu plus de la vallée du Nil.

Il y avait plus de deux mois que Leonis, Montu et Menna n'avaient pas revu le grand fleuve. Les aventuriers avaient quitté Thèbes dans le but de retrouver et de délivrer une sorcière appartenant au dieu Horus. Étant donné que Merab, un maléfique et redoutable envoûteur, s'apprêtait à rejoindre les ennemis de l'empire d'Égypte, l'enfant-lion devait s'allier à quelqu'un de suffisamment puissant pour s'opposer à lui. Sia, la prisonnière des dunes, était le seul être à posséder cette force. Pour parvenir jusqu'à elle, Leonis et ses amis avaient dû franchir le terrifiant domaine du dieu Seth. Pendant cette éprouvante expédition, les jeunes gens avaient été soumis à la puissance des divinités. Au cœur des Dunes sanglantes, ils avaient frôlé la mort à maintes reprises. En éprouvant un indicible soulagement, ils avaient finalement traversé l'orée de la luxuriante oasis dans laquelle, depuis plus de deux siècles, l'affreuse et infortunée Sia était retenue captive. Durant sept semaines, les compagnons avaient partagé le quotidien de la sorcière. Ne disposant que d'un maigre indice, ils s'étaient ingéniés à découvrir la clé qui libérerait Sia du sort que lui avait autrefois jeté Merab. Ce maléfice isolait la sorcière d'Horus du monde des mortels. Si elle avait tenté de quitter l'oasis sans que le sort fût conjuré, elle serait morte.

Les jeunes gens en étaient presque venus à renoncer lorsque le soldat Menna, après d'intenses réflexions, avait enfin mis le doigt sur la solution[1]. Pour libérer la prisonnière, un simple baiser avait suffi. Un soir, Leonis avait posé ses lèvres sur celles de la repoussante Sia. Ce geste avait engendré un angoissant phénomène. La sorcière s'était mise à hurler. Un cocon de flammes bleues avait enveloppé son corps. Au paroxysme de cet insupportable moment, Leonis avait eu la certitude d'avoir tué la pauvre dame. Il n'en était rien, cependant. Les flammes surnaturelles s'étaient estompées, et l'enfant-lion avait rapidement retrouvé Sia gisant sur le sol sablonneux. Elle avait subi une impressionnante transformation. La sorcière était demeurée inconsciente durant deux jours. À son réveil, elle avait annoncé à Leonis que le sort de Merab était rompu. Maintenant, Sia n'avait plus rien d'un monstre. Elle avait retrouvé son apparence humaine et, en dépit de ses traits quelque peu austères et de son nez épaté, elle était plutôt jolie.

Leonis détacha son regard pâle des feux du couchant. Il soupira et tourna les yeux vers Montu qui se tenait à ses côtés. Perdu dans ses pensées, l'ami de l'enfant-lion souriait. Les rougeoiements du ciel accentuaient les reflets roux de sa longue chevelure ébouriffée. Il sursauta légèrement lorsque Leonis lui demanda:

— À quoi penses-tu, mon vieux?

---

1. Voir Leonis tome 7, *La Libération de Sia*.

— Je ne pense à rien de particulier, Leonis. Comme vous tous, j'ai très hâte de revoir Memphis.

— Nous devons nous armer de patience, mon ami. Nous n'atteindrons pas le fleuve avant deux semaines. Ensuite, nous aurons un long chemin à parcourir pour rejoindre la capitale. Une fois à proximité du Nil, nous serons encore loin du palais royal de Memphis. Il sera tout de même bon de retrouver les habitants des Deux-Terres[2]!

Les traits de Montu se crispèrent légèrement. Il passa sa langue sur ses lèvres et il murmura:

— Il sera surtout bon de savourer un vrai repas. Depuis que nous avons quitté l'oasis, nous nous nourrissons de cet affreux mélange que Sia a préparé avant notre départ. Je dois admettre que je n'ai pas faim. Seulement, si cette mixture parvient à tromper mon ventre, elle ne trompe pas ma bouche…

— J'ai tout entendu, Montu! lança Sia.

Les deux amis se tournèrent vers la sorcière qui marchait dans leur direction. Le visage de la femme était luisant de sueur. Sa longue chevelure noire était terne et hirsute. La jolie robe blanche qu'elle avait revêtue avant de quitter l'oasis était maintenant

---

2. LES DEUX-TERRES: LE ROYAUME COMPORTAIT LA BASSE-ÉGYPTE ET LA HAUTE-ÉGYPTE; LE PHARAON RÉGNAIT SUR LES DEUX-TERRES.

chiffonnée et poussiéreuse. Sia semblait fourbue. Elle affichait pourtant un large sourire. Elle s'immobilisa à quelques pas des jeunes gens et continua :

— Je te pardonne, mon cher Montu. Il est vrai que cette nourriture n'a rien de savoureux. Seulement, tant que ce voyage durera, nous serons rassasiés. Je n'ai rempli qu'une seule outre avec mon mélange. Cette faible quantité pourrait cependant nous nourrir pendant des mois.

— Que les dieux me viennent en aide, bêla Montu. Je n'ai pas envie de subir cette torture pendant des mois. Si ça arrivait, je finirais par dévorer mon ânesse en commençant par les sabots. Ta préparation est sans doute très nourrissante, Sia. Mais elle a la couleur de la cendre. Elle a aussi le goût de la cendre. En plus, elle n'a pas d'odeur. Chaque fois que je mange une pincée de cette horreur, j'ai l'impression de lécher une pierre.

Montu semblait vraiment démoralisé. Leonis et Sia ne purent s'empêcher de rire. L'enfant-lion toucha l'épaule de son ami et déclara :

— Je crois qu'il vaut mieux pour nous que ce mélange soit fade, mon vieux. Tu es tellement gourmand ! Si cette nourriture avait été savoureuse, tu aurais probablement déjà épuisé notre réserve !

Montu grogna et haussa les épaules avec résignation. Leonis redevint sérieux. Il garda le silence pendant un bref moment, fronça les sourcils et dit :

— Il est clair que nous n'avons aucune raison de nous inquiéter à propos de la nourriture, Sia… Mais qu'en est-il de l'eau ? Nos outres sont presque vides…

— Elles seront bientôt pleines, affirma la femme. Ce n'est pas par hasard que je vous ai demandé de vous arrêter ici. Nous aurions pu marcher encore un peu avant de nous installer pour la nuit.

— Nous avons cru que tu étais fatiguée, dit Montu.

— Vous n'aviez pas tort, avoua-t-elle. Toutefois, j'ai surtout envie de prendre un bain.

— Un bain ! s'exclama Leonis. Dans ce cas, tu devras attendre que nous ayons atteint le grand fleuve, ma pauvre Sia ! Parce que, si tu aperçois de l'eau dans les environs, je t'annonce que tu es victime d'un mirage. Vois-tu de l'eau quelque part, Montu ?

— Pas une goutte, Leonis, répondit le garçon en explorant les dunes d'un regard circulaire.

Sia n'ajouta rien. Ses lèvres pulpeuses esquissèrent un mystérieux sourire. Elle fit subitement volte-face pour se diriger vers l'ânesse rousse qui accompagnait les voyageurs. Menna achevait de délester la vigoureuse bête de sa modeste charge. Sur les trois outres en peau de bouc utilisées pour transporter l'eau, une seule était encore amplement gonflée par le précieux liquide. Sia s'en empara. Elle saisit aussi son bâton et s'éloigna résolument des aventuriers. Ses pieds nus s'enfonçaient dans le sable fin. Pour conserver son équilibre, elle s'appuyait de temps à autre sur sa canne de caroubier. Leonis et Montu avaient rejoint Menna. En gardant les yeux rivés sur la sorcière, le jeune soldat demanda :

— Que fait-elle, les gars ?

— Elle va prendre un bain, plaisanta Montu.

Sia dévala une faible pente et se posta au centre d'une large creusure façonnée par le vent. En émettant un cri rauque, elle enfonça profondément son bâton dans le sable. Elle prononça ensuite une longue consécution de paroles inintelligibles. Elle ferma les yeux et tomba à genoux. Sous le regard ahuri des jeunes gens, la sorcière versa une bonne quantité d'eau à la base du bâton. On eût dit qu'elle arrosait une plante. L'eau marqua le sable d'un cercle sombre. Menna ouvrit la bouche pour protester. D'un geste brusque de la main, Leonis lui intima de se taire.

En revenant vers ses compagnons, Sia indiqua le ciel obscurci. Le disque lunaire entreprenait son ascension. Sur un ton chargé d'assurance, la sorcière lança :

— La lune d'Osiris est pleine ! C'est toujours plus efficace dans ces moments-là !

— Qu'est-ce qui est plus efficace ? l'interrogea Menna d'une voix bourrue. Pourquoi as-tu gaspillé de l'eau, Sia ?

— Je n'ai rien gaspillé, Menna. J'ai gardé de l'eau pour le repas. Ce soir, nous pourrons nous abreuver. Le contenu des outres sera bien suffisant pour nous quatre et pour notre vaillante ânesse... Pour appeler l'eau, il faut de l'eau. Vous ne possédez aucun moyen de le savoir, mais, profondément sous nos pieds, coule une généreuse source. J'ai utilisé le bâton pour lui montrer le chemin jusqu'à nous. Demain, à l'aube, nous pourrons boire tout notre soûl.

— As-tu déjà tenté un truc pareil avant, Sia ? demanda Leonis avec une moue incrédule. Es-tu certaine du résultat ?

— Évidemment ! répondit la femme. Si j'avais douté de mes facultés, nous aurions emporté une plus grande réserve d'eau en quittant l'oasis. Ayez confiance en moi, mes amis. Vous avez risqué vos jeunes vies dans le but de me délivrer. Vous l'avez fait afin que je vous protège du puissant et maléfique Merab...

La sorcière plongea son regard dans celui de Leonis. Sur un ton maternel, elle enchaîna :

— La déesse Bastet t'a révélé mon existence, enfant-lion. Tu as pensé que je pouvais t'aider à achever ta quête. Maintenant, tu dois chasser tes doutes en ce qui concerne ma puissance. Si j'affirme que l'eau jaillira, c'est que j'en ai la certitude.

Sia leva les yeux. La silhouette noire d'un faucon se profilait sur la toile assombrie de la voûte céleste. Les étoiles commençaient à poindre. La sorcière poussa un cri aigu. Le faucon exécuta une large boucle et plongea vers le sol. Quelques instants plus tard, il vint doucement se poser à proximité du groupe. Sia s'approcha de l'oiseau. Elle s'accroupit pour lui caresser la tête. D'une voix affectueuse, elle souffla :

— La nuit tombe, mon infatigable Amset. Contrairement à toi, nous avons besoin de repos.

— Tu dis vrai, Sia, approuva Leonis en se laissant choir sur le sable. Mes jambes sont lourdes. Si, comme tes bien-aimés faucons, nous avions des ailes, il serait plus facile de regagner Memphis... Tu crois qu'Amset a réussi à livrer mon premier message au palais royal ?

— Amset a livré ta missive, Leonis. J'en suis sûre. Toutefois, lorsqu'il l'a fait, nous étions encore retenus dans le territoire de Seth. Il m'était alors impossible de voir en esprit ce que mon oiseau voyait. Puisqu'il est revenu sans ton message, c'est forcément parce qu'il a réussi à le confier à quelqu'un. Quant à savoir si Pharaon l'a lu…

D'un doigt tendre, le garçon effleura le bec de l'oiseau de proie. Les yeux sombres d'Amset accrochaient les dernières lueurs du crépuscule. Après un bref silence, l'enfant-lion soupira :

— J'espère que Mykérinos a lu ce message. Dans le cas contraire, il est bien possible qu'il ait renoncé à moi. Je suis le sauveur de l'Empire annoncé par l'oracle. Je suis censé réunir les douze joyaux de la table solaire. Seulement, il y a plus de deux mois que j'ai disparu sans laisser la moindre trace. La quête doit se poursuivre. Si Pharaon n'a pas lu mon avertissement, il a probablement déjà ordonné l'ouverture du second coffre. S'il en était ainsi, le sorcier Merab ne mettrait sans doute pas beaucoup de temps à connaître l'endroit où sont cachés les trois prochains joyaux. Il ne faudrait pas que les adorateurs d'Apophis découvrent le coffre avant les hommes de Mykérinos…

— Il vaut mieux ne plus songer à cela, Leonis, intervint Menna. Pour l'instant, nous sommes au cœur du désert et nous n'avons aucun moyen d'agir. Ce matin, nous avons confié un second message au faucon Hapi. Les oiseaux de Sia sont des créatures divines. Nous devons leur faire confiance. Je suis certain qu'Amset a mené sa tâche à bien. Dans quelques jours, une semaine tout au plus, son frère Hapi atteindra à son tour le palais royal. Pharaon saura alors que nous marchons vers Memphis.

— Tu parles avec sagesse, Menna, l'approuva Sia. Et puis, maintenant que je suis sortie de l'oasis, je pourrai voir par les yeux de ce cher Hapi.

— Tu peux donc savoir où se trouve ton faucon en ce moment? s'informa le sauveur de l'Empire.

— En effet, Leonis. Pour y parvenir, je n'ai qu'à accomplir un petit effort de volonté. Tu veux que je te fasse une démonstration?

L'enfant-lion acquiesça d'un bref signe de tête. Sia inspira profondément. Les paupières closes, elle médita un instant. La femme sourit dans la pénombre avant de dépeindre à voix basse la scène qui se révélait à son esprit:

— Voilà... J'ai rejoint Hapi. Il va sans dire qu'il survole encore le désert... Là-bas, le ciel est légèrement plus sombre qu'ici. Je n'y vois presque rien... Je vois... Attendez... Mais... c'est incroyable!

— Qu'y a-t-il? s'alarma Menna.

Durant un long moment, la sorcière d'Horus demeura muette. C'est avec émotion qu'elle reprit:

— Au loin, j'aperçois le Nil, mes amis! Il miroite comme un collier d'or sous la lumière de la fin du jour! Hapi ne peut avoir franchi une telle distance en si peu de temps! Cela signifie que nous sommes beaucoup plus près du grand fleuve que nous ne le pensions! D'ici trois jours, nous aurons rejoint la vallée du Nil!

— Trois jours! s'étonna Menna. Comment serait-ce possible? En quittant Thèbes, nous avons dû marcher durant trois semaines pour atteindre la porte conduisant aux Dunes sanglantes!

Sur un ton empreint de gravité, l'enfant-lion observa:

— Jusqu'à maintenant, nous avons vécu tellement de choses insensées… Il est possible que la seconde porte, celle que nous avons traversée pour regagner notre monde, se trouve plus près du Nil que la première… Nous sommes donc sur le point de revoir le grand fleuve, mes amis. Seulement, nous savons tous que ses flots prennent naissance très loin au sud de la glorieuse Égypte… Lorsque nous reverrons le Nil, marcherons-nous sur le sol de l'Empire? Si nous nous retrouvions à un mois de trajet de la cité de Thèbes, nous ne serions pas plus avancés.

— Tes craintes ne sont pas vaines, Leonis, admit Sia. Mais, pour le moment, je n'ai aucun moyen de les apaiser. Il fait trop sombre pour que les yeux de mon oiseau me renseignent davantage sur sa position. Demain, nous serons fixés…

La sorcière s'interrompit. Elle poussa un long soupir avant d'ajouter d'une voix chargée d'émotion :

— Vous ne pouvez pas savoir ce que je ressens, mes enfants… Je viens de revoir le Nil… Du point de vue du faucon, il avait l'apparence d'un mince serpent… Mais peu importe… c'était tout de même le fleuve… J'attendais ce moment depuis plus de deux siècles. J'ai du mal à y croire…

Dans la pénombre, Sia fit entendre quelques doux sanglots. Leonis sentit sa gorge se nouer. Ses compagnons et lui avaient traversé les Dunes sanglantes afin de libérer la sorcière d'Horus. Ils l'avaient fait pour bénéficier de sa protection. Toutefois, à cet instant précis, le sauveur de l'Empire songea que, s'il avait fallu affronter tous ces périls dans l'unique but de permettre à cette brave femme de revoir le Nil, il n'y aurait rien eu à regretter.

2
LE CHÂTIMENT
DE SETH

Merab fit crépiter les phalanges de ses doigts longs et noueux. Avec satisfaction, il contemplait le décor de sa nouvelle tanière. Un large sourire distendait la peau ocre de son visage raviné. Baka, le maître des ennemis de la lumière, avait mis bien peu de temps à combler ses désirs. Trois vastes pièces avaient été mises à la disposition du puissant envoûteur. Quelques semaines plus tôt, cette partie du Temple des Ténèbres était occupée par le grand prêtre des adorateurs d'Apophis. Ce vieil homme se nommait Setaou. Il était le principal conseiller de Baka. Il présidait aussi les nombreuses cérémonies se déroulant dans l'enceinte du temple souterrain. Lorsque le maître lui avait annoncé qu'il lui faudrait céder ses luxueux quartiers à un étranger, le grand prêtre était demeuré impassible. Mais, en sondant son esprit, le terrible sorcier avait pu constater que Setaou était humilié et furieux. Cette observation avait amusé Merab. Ce dernier n'éprouvait que du mépris pour les adorateurs d'Apophis. Il s'était allié à ces fanatiques à la seule fin d'obéir à la volonté de Seth. Le dieu du chaos lui avait ordonné de rejoindre Baka pour l'aider à traquer et à éliminer l'enfant-lion. Seulement, depuis ce jour, bien des choses avaient changé.

Merab savait que Leonis s'était aventuré dans le domaine du tueur d'Osiris. Même si Seth ne s'était pas encore manifesté pour lui annoncer la mort de ce garçon, l'envoûteur était persuadé que l'empire d'Égypte avait perdu son sauveur. Car en foulant le sable des Dunes sanglantes, aucun mortel n'eût pu espérer survivre. Étant donné que, selon toute vraisemblance, Leonis n'était plus de ce monde, le vieillard se disait que rien ne le forçait à demeurer plus longtemps dans l'antre des adorateurs du grand serpent. Il s'estimait ainsi libre de rentrer chez lui. Il n'avait cependant aucune envie d'entreprendre tout de suite le long et pénible voyage qui le ramènerait à Thèbes. Baka avait tout mis en œuvre pour le satisfaire. Le sorcier se proposait donc de profiter de son hospitalité durant quelque temps.

La plus vaste des trois pièces attribuées à Merab valait le coup d'œil. Si Baka avait décidé de lui offrir les anciens quartiers du loyal Setaou, c'était surtout parce qu'un immense autel de granit s'y trouvait. En effet, l'envoûteur avait exigé qu'on lui fournît un gros bloc de pierre. Ce bloc devait lui scrvir de plan de travail. Si Merab avait été logé ailleurs, il eût été laborieux, dans ces souterrains aux couloirs étroits, de donner suite à une telle requête. C'était donc sans le moindre égard pour son dévoué homme de culte que Baka avait contourné ce problème. D'ordinaire, Merab ne s'émouvait guère de la beauté des choses. Il devait néanmoins admettre que son nouveau gîte était remarquable. Le sorcier avait pourtant demandé que l'on débarrassât les lieux de tous les meubles et accessoires qui s'y trouvaient. Merab n'avait cure de ces objets. À son avis, ils ne servaient qu'à caresser la vanité des pitoyables mortels. Dans la pièce principale de son nouveau logis, exception faite d'une grande statue de Seth flanquée d'une paire de flambeaux de bronze, seul l'autel subsistait. Les murs étaient cependant ornés d'admirables illustrations. Quatre colonnes cannelées et agrémentées de textes hiéroglyphiques s'élevaient vers le haut plafond. Cet endroit, même dépourvu de mobilier, avait de quoi impressionner. L'autel trônait comme un joyau dans ce décor de temple. Sa masse de granit pâle était parfaitement plane. Elle avait été poncée avec minutie. Sur chacune de ses faces apparaissait une gravure incrustée d'or. Il s'agissait du symbole des adorateurs d'Apophis : un serpent enserrant le soleil dans ses anneaux.

Une autre pièce servait d'entrepôt au sorcier. Il y avait entassé la multitude de substances et d'instruments qui lui permettraient d'exercer la magie. Le jour de son alliance avec les adorateurs d'Apophis, Merab avait dressé une longue liste de choses nécessaires à la pratique de son art. En un peu plus de deux semaines, les envoyés de Baka étaient parvenus à contenter l'envoûteur. Merab avait également réclamé que le sol de la plus petite des pièces qu'on lui avait octroyées fût recouvert d'or. Au fil de ses cinq siècles d'existence, le protégé de Seth avait développé une dévorante passion pour cette précieuse matière. À tel point que, s'il ne s'étendait pas sur l'or, il avait du mal à trouver le sommeil. En raison de cette extravagante ferveur, les difficultés du long trajet qui l'avait conduit jusqu'au Temple des Ténèbres avaient été exacerbées. Durant ce voyage, le sorcier avait constamment songé à sa tanière : un modeste tombeau creusé dans les falaises surplombant la cité de Thèbes. Cette sépulture profanée était tout à fait lugubre. Elle ne comportait que deux chambres étroites. L'une de ces chambres recelait le trésor que Merab avait accumulé au cours de sa très longue vie. Cet amoncellement était exclusivement composé d'or. Il servait de lit au puissant envoûteur. Depuis des siècles, Merab s'y vautrait avec une délectation sans mesure. Ainsi, lorsque Seth lui avait ordonné de gagner le repaire des ennemis de l'Empire, le vieillard ne s'était mis en route qu'à regret. Il n'avait cependant pas d'autre choix. Le dieu du chaos était son maître. Il lui devait l'immortalité. S'il ne s'était pas conformé à ses désirs, Merab eût été condamné au néant.

Devant la demande du sorcier de disposer d'autant d'or, Baka avait sursauté. Mais pressentant qu'il avait sous les yeux un homme capable de faire trembler la terre d'Égypte, le chef des adorateurs du grand serpent avait peu argumenté. Il possédait des richesses considérables. Puisque le précieux métal demeurerait dans le temple, il n'y aurait aucun motif de s'en inquiéter. Merab dormait maintenant sur un lit d'or encore plus épais que celui de sa tanière thébaine. Ce seul fait lui permettait d'envisager un long et agréable séjour dans le repaire des ennemis de la lumière.

Cette nuit-là, le sorcier s'apprêtait enfin à se remettre au travail. Il avait l'intention de se livrer à la confection de quelques breuvages aux effets fracassants. Le lendemain, il utiliserait ces potions pour impressionner les adorateurs d'Apophis. Merab se dirigea vers la pièce qui renfermait ses instruments et ses ingrédients, mais il s'immobilisa en affichant un air inquiet. Une subite douleur venait de se manifester dans son crâne. L'envoûteur prit sa tête entre ses mains et poussa un petit cri éraillé. La douleur ne s'atténua pas. Au contraire, elle s'accentua jusqu'à devenir intolérable. Il fit quelques pas chancelants avant de s'écrouler sur les dalles. Que se passait-il? Était-il sur le point de mourir? C'était impossible! Seth lui avait donné l'immortalité! Le vieillard roulait des yeux remplis de frayeur. En cinq siècles, il n'avait jamais éprouvé pareille souffrance. Son maître l'avait-il abandonné? Le vieux cœur de Merab battait à tout rompre. Il lutta durant un moment pour retenir la vie qui semblait vouloir s'extirper de lui. L'homme eut un soubresaut. Il émit un dernier râle. Un rideau écarlate couvrit son regard et il sombra dans un puits de ténèbres.

Quand il ouvrit les paupières, Merab songea tout d'abord qu'il voguait dans le vide éternel: ce néant dans lequel sa mort devait inexorablement l'entraîner. Puis il sentit que son dos reposait sur quelque chose. Sa main rencontra une surface friable et tiède. C'était du sable. Ses yeux discernèrent une multitude de points qui brillaient faiblement dans l'obscurité qui l'entourait. Il ne put identifier tout de suite ces lueurs. Il comprit qu'il s'agissait d'étoiles lorsqu'il tourna la tête et aperçut la lune. Elle était rouge et pleine. Un voile de brouillard atténuait sa lumière. Le sorcier ne flottait pas dans le néant. En dépit de la nuit et de sa confusion, il parvint à reconnaître le monde dans lequel il se trouvait. Car il n'y avait qu'un lieu où la lune prenait cette teinte sanguinolente comme celle d'une chair vive. Il s'agissait du plus horrible territoire qui fût : le domaine du dieu du chaos.

Merab eut un frisson d'effroi. Deux cents ans auparavant, il avait traversé les Dunes sanglantes dans le but d'y entraîner la sorcière que l'enfant-lion avait eu récemment pour mission de libérer. Le vieil envoûteur savait que ce monde était peuplé de funestes créatures. Autrefois, sous la protection de Seth, il s'était engagé dans ce désert sans s'inquiéter de la présence de ces monstres. Mais que se passerait-il maintenant ? Pourquoi se retrouvait-il au beau milieu des Dunes sanglantes ? Avec terreur, Merab songea que le dieu du chaos l'avait entraîné là pour lui infliger une punition. Le malheureux n'avait aucune idée de ce qui avait pu provoquer la colère de son maître. Seulement, il avait la conviction qu'un terrible châtiment l'attendait.

Merab se dressa sur son séant. Tremblant comme une plume sous la brise, il tenta de mettre un peu d'ordre dans ses idées. Seth se manifesta rapidement. Le sorcier ne le vit pas. Il entendit cependant sa voix qui disait :

— Cesse de trembloter ainsi, Merab. Tu n'es pas vraiment dans les Dunes sanglantes. En ce moment, ton esprit vogue dans un rêve. Ton être se trouve toujours dans le temple des adorateurs d'Apophis. Tu as la sensation d'être de chair et de sang, mais ce n'est qu'une illusion. Je t'ai convoqué parce que le pire s'est produit.

— Que... que voulez-vous dire, maître vénéré ?

Seth laissa planer un lourd silence avant de répondre :

— La prisonnière des dunes est libre, Merab. L'enfant-lion a accompli sa mission. Ses compagnons et lui sont en route vers Memphis. Sia les accompagne.

— Comment... comment est-ce possible, puissant Seth ? Leonis n'a pas pu survivre à votre fureur !

— Les divinités ont conspiré contre moi, vieillard. Pour que Leonis s'aventure dans mon domaine, je devais affronter mon neveu Horus en duel. J'ai livré ce duel malgré des règles qui me désavantageaient nettement. Le périple de Leonis dans mon territoire fut pour lui comme une balade dans les pâturages. Même si ce garçon ne vaut guère mieux qu'un lièvre apeuré, il a atteint l'oasis de la prisonnière sans que je puisse intervenir. Les dieux ont triché. Ils ont toujours été jaloux de ma force et de ma beauté…

— Pourquoi utilisez-vous le rêve pour me rencontrer, Seth? D'habitude, vous m'apparaissez dans le monde des mortels…

— Cela me sera désormais impossible, Merab. Pas avant un siècle, du moins. Bastet et Horus ont manœuvré afin que je sois puni pour de ridicules motifs. Rê m'a condamné à demeurer dans les Dunes sanglantes pour les cent prochaines années. Je n'ai rien fait de répréhensible, pourtant. Lorsque j'ai vu que les mortels avaient rejoint Sia, j'ai incité Leonis à quitter l'oasis. C'était mon droit. Après tout, ce territoire m'appartient. J'ai fait en sorte d'attirer Leonis dans les dunes en prenant l'apparence de l'un de ses compagnons. Le sauveur de l'Empire a mordu à l'appât que je lui tendais. Mes créatures sont passées à un cheveu de le réduire en bouillie. Malheureusement, ce ver de terre s'en est de nouveau tiré. Bastet a été témoin de ma tentative. Elle s'en est plainte auprès de son père Rê. Le dieu-soleil m'a accusé sans me laisser l'occasion de me défendre. Il a prétendu que j'étais intervenu illicitement dans la vie d'un mortel. Pour justifier sa décision, Rê s'est servi d'un détail tout à fait insignifiant. Il a jugé que, si Leonis s'était aventuré de lui-même à l'extérieur de l'oasis, j'aurais pu intervenir sans enfreindre les lois divines. Toutefois, étant donné que j'avais appâté ma proie, Rê a conclu que j'avais agi de manière fautive…

Dans un instant, je demeurerai captif de mon propre domaine, sorcier. Ma réclusion est sur le point de s'amorcer. J'avais la certitude que le jugement de Rê irait en ma faveur. Je me suis efforcé de rester discret pendant qu'il étudiait la situation. C'est la raison pour laquelle j'ai mis du temps à t'annoncer la libération de Sia. À l'instant où je te parle, les dieux me surveillent, mais ils ne peuvent pas sonder mon esprit. J'ai dû provoquer ton inconscience. Je n'avais pas le temps d'attendre que tu t'endormes, et le rêve est désormais le seul moyen dont je dispose pour communiquer avec toi. À l'avenir, pour me rencontrer, tu devras pénétrer dans mon territoire. Tu sais que ton esprit ne peut pas évoluer dans les Dunes sanglantes si ton corps n'y est pas.

— Je devrai voyager longtemps pour atteindre la porte qui conduit à votre domaine, maître… Je suis vieux et…

— Cesse de pleurnicher, Merab! Tant que Leonis sera vivant, je ne tiens pas à te revoir. Dorénavant, tu devras consacrer tout ton temps à traquer l'enfant-lion. Ce misérable ne doit pas achever sa quête! Tu devras l'écraser comme une vulgaire fourmi! Lorsque tu entreras dans les Dunes sanglantes, je veux que ce soit pour m'annoncer la mort du sauveur de l'Empire!

— Je ne pourrai jamais y arriver, Seth! Pas sans vous! Puisque vous serez relégué dans ce territoire, vous ne serez plus là pour me protéger! En m'en prenant à Leonis, je soulèverai la colère des autres dieux! Ils m'anéantiront! Je n'ai pas la force de m'opposer aux divinités!

— Les dieux ne pourront rien contre toi, Merab. Tu es mon instrument, mon bien, mon jouet. Je suis captif, mais ce qui est à moi reste à moi. Si les autres tentaient de t'éliminer, ils iraient à l'encontre des lois divines, et ils subiraient un sort semblable au mien. En fait, en me condamnant, le dieu-soleil nous aura facilité la tâche. Puisque je n'ai plus accès au monde des hommes, personne ne pourra plus m'accuser d'intervenir dans la quête du sauveur de l'Empire. En outre, tu as maintenant rejoint les adorateurs d'Apophis. Dois-je te rappeler que la lutte que Baka mène contre l'Égypte ne concerne que les mortels? Baka est devenu ton chef. Il désire la mort de Leonis. Ne serait-il pas légitime que tu utilises toute ta puissance pour le satisfaire? Bastet aura beau se plaindre, elle ne pourra plus prétendre que je triche. En se débarrassant de moi, la déesse-chat a fait une grossière erreur. Tu pourras désormais agir à ta guise, vieillard. Elle a livré l'enfant-lion à tes pouvoirs.

— J'ignore si j'y parviendrai, maître, soupira l'envoûteur. Vous avez dit que l'enfant-lion, ses amis et la sorcière d'Horus font route en direction de Memphis. Pourtant, je n'ai pas encore décelé leur présence dans le monde des hommes. Sia a certainement utilisé sa magie pour m'empêcher de repérer Leonis. Si c'est le cas, j'aurai bien du mal à le pourchasser.

— Tu devras tout de même tuer ce garçon, Merab. Je veux la fin de ce monde. Si Leonis accomplissait sa mission, je t'anéantirais sans hésiter. Tu sais ce que cela signifierait pour toi: tu subirais les affres de l'errance éternelle. Si, en revanche, tu revenais triomphant de la tâche que je te confie, tu aurais mérité d'évoluer à mes côtés dans le royaume des dieux… Il est temps pour moi de partir, sorcier. Le sort de ton âme est entre tes mains.

Ces derniers mots tourbillonnèrent un long moment dans la tête de Merab. Son esprit réintégra son corps inconfortablement étendu sur les dalles de sa tanière. Le vieux sorcier remua nerveusement ses membres pour s'assurer de leur mobilité. Il n'ouvrit pas les yeux. Il s'efforça de respirer profondément pour calmer les battements effrénés de son cœur.

3
LA FIERTÉ DE BASTET

Leonis et ses compagnons ne possédaient rien pour dresser un campement digne de ce nom. Depuis leur départ de l'oasis, ils n'avaient pas fait de feu. Lorsque venait l'obscurité, ils se restauraient rapidement. Après quoi, de manière à se préserver du froid, ils s'ensevelissaient dans le sable encore chaud du désert. Leur tête seule émergeait de ces cocons. Chaque soir, les voyageurs s'endormaient vite. Leur sommeil était lourd et rien ne venait le perturber.

Cette nuit-là, cependant, Leonis fut tiré de sa torpeur par un désagréable pressentiment. Son angoisse monta d'un cran lorsqu'il prit conscience que quelque chose entravait ses mouvements. Il s'affola un bref instant avant de se rappeler qu'il était étendu sous le sable. Le souffle court, il dégagea ses bras engourdis. L'enfant-lion ouvrit ensuite les paupières.

Un magnifique champ d'étoiles s'offrit à son regard. Tout semblait normal. À deux coudées de lui, Montu ronflait à s'en déraciner les dents. Leonis secoua la tête et maugréa :

— Pas étonnant que je me sois réveillé. Montu fait plus de vacarme qu'un hippopotame en colère. S'il continue à souffler comme cela, il finira sans doute par provoquer une tempête de sable.

Le sauveur de l'Empire balaya la couche sablonneuse qui recouvrait son corps. Malgré ses dernières paroles, il n'était guère convaincu de devoir son réveil aux ronflements de son ami. Toujours en proie à une vague inquiétude, il s'assit en frissonnant. La lune pleine diffusait une lumière laiteuse qui révélait les sinuosités harmonieuses des dunes environnantes. Une faible brise se faisait sentir. Leonis eut un bâillement qui s'acheva dans un frisson. Il sourit. De toute évidence, il n'y avait rien à craindre. Il songea qu'il avait sans doute fait un cauchemar dont il ne se souvenait plus. Il était sur le point de se recoucher lorsqu'une lueur tremblante attira son regard. Cette lumière semblait produite par une torche. Elle se mouvait lentement, éclairant le flanc d'une dune située à cent pas de celle sur laquelle se trouvaient les aventuriers. L'enfant-lion pensa à réveiller ses compagnons. Mais il n'en fit rien. Là-bas, un étonnant petit être venait de faire son apparition. Il était bel et bien muni d'une torche. Malgré la distance, Leonis le reconnut aussitôt. Deux individus rigoureusement pareils au premier se manifestèrent à sa suite. L'adolescent se leva d'un bond. Il laissa ses amis à leur sommeil et dévala la dune pour marcher à la rencontre des trois messagers de la déesse Bastet.

Ces personnages étaient des nains. Ils se ressemblaient à un point tel qu'aucun détail ne permettait de les différencier. De surcroît, ils portaient tous le même nom : Paneb. Les Paneb étaient vraiment laids. Leur peau trop pâle n'avait rien d'humain. Leur crâne parsemé de cheveux blancs était plat comme une pierre lissée par les eaux. Leur figure était un masque froissé, grimaçant et grotesque. Entre leurs paupières bouffies brillaient des yeux rouges à l'éclat malfaisant. Leur nez protubérant ressemblait à un fruit desséché. Ce disgracieux portrait s'achevait par une bouche édentée et des oreilles minuscules. Leonis avait rencontré ces nabots à deux reprises. Il savait qu'en plus d'être affreux, les Paneb possédaient un sale caractère et un humour douteux. Il était pourtant heureux de les revoir. S'ils étaient là, c'était assurément parce que la déesse-chat voulait communiquer avec lui. Lorsque l'enfant-lion rejoignit le trio, le Paneb qui tenait la torche lança d'une voix nasillarde :

— Tremblez, les gars ! Vous êtes en présence du redoutable enfant-chaton !

— L'air du désert ne l'a pas rendu plus beau, ajouta un deuxième nain.

— N'en dites pas plus ! s'exclama le troisième. Vous savez qu'il est très émotif ! Ce n'est pas sa faute s'il est aussi répugnant !

Leonis répliqua en riant :

— Vous savez, mes chers Paneb, malgré vos allures de crapaud, je suis ravi de vous revoir ! J'imagine que, comme d'habitude, vous êtes là pour me conduire auprès de Bastet…

— En effet, pauvre limace, répondit le nabot à la torche. La déesse-chat nous a encore une fois confié cette désagréable tâche.

— Dites-moi, demanda l'adolescent, suis-je en train de rêver, en ce moment ?

— Évidemment, jeta l'un des petits êtres en toisant Leonis. N'as-tu pas encore compris que Bastet ne peut te rencontrer qu'en rêve ? Mais nous avons déjà assez perdu de temps comme ça, vermisseau. Le moment est venu de nous suivre. Fais attention à la marche !

— La marche…, répéta le sauveur de l'Empire. Quelle marche ?

— Celle-ci ! claironnèrent les Paneb d'une seule voix.

À ce moment, le sol se déroba sous les pieds de Leonis. Il sombra en hurlant dans un large puits circulaire inondé de lumière bleue. Dans l'instinctive mais vaine espérance de s'accrocher à quelque chose, le malheureux battait des bras avec frénésie. La chute dura longtemps. Le gouffre semblait sans fond. Grâce à l'étrange lumière dans laquelle il baignait, l'enfant-lion put constater que les Paneb l'accompagnaient dans sa vertigineuse descente. Les affreux nains étaient juste au-dessus de sa tête. Loin de partager la terreur de l'adolescent, ils tombaient en riant et en poussant des glapissements d'allégresse. En dépit de la panique qui l'étouffait presque, Leonis hurla:

— Vous m'avez entraîné dans un piège, sales petits traîtres! C'est Seth qui vous envoie! Je ne rêve pas! Je sais que je ne rêve pas!

Après ces paroles, la chute s'interrompit soudainement. Le sauveur de l'Empire n'avait pas atteint le fond du gouffre. Il se rendit simplement compte qu'il ne tombait plus. Tel un nuage dans le ciel, il flottait maintenant au-dessus de l'abîme, au centre du vaste cylindre formé par la paroi. Il pouvait remuer, mais ses membres s'agitaient dans l'espace sans rencontrer la moindre résistance. Malgré tout, il fit quelques mouvements saccadés pour essayer de se déplacer. Sa tentative demeura sans effet. Les Paneb, par contre, n'eurent aucune difficulté à le rejoindre. Ils l'entourèrent et l'observèrent un moment en affichant tous les trois le même sourire moqueur. L'un d'eux dit :

— Tu vois bien que tu rêves, mon chaton. Il n'y a que dans les rêves qu'un négligeable mortel peut planer comme l'oiseau.

— Tu n'es pas très aimable, jeune homme ! renchérit son frère. À la première occasion, tu nous prends pour des traîtres. Si on ne peut plus s'amuser...

Le cœur de Leonis voulait jaillir de sa poitrine. Ses membres tremblaient avec violence et il claquait des dents. Il balbutia :

— Je... je veux que... que ça cesse. Vous dites que ce n'est qu'un rêve... C'est peut-être vrai, mais je déteste ça... J'ai... j'ai peur !

Les nains s'entreregardèrent avec tristesse. L'un des Paneb afficha un air désolé pour marmonner d'une voix larmoyante :

— Ce pauvre garçon est effrayé, les gars.

— Nous sommes vraiment très vilains, soupira le deuxième.

— Devrions-nous avoir honte ? demanda le dernier.

— Bien sûr que non ! conclurent-ils en chœur.

Les nains s'esclaffèrent. Leurs rires conjugués ressemblaient aux criaillements d'une volée d'oies. Au grand désespoir de l'enfant-lion, la chute reprit. Cette portion de la descente fut toutefois plus courte que la précédente. Avec violence et fracas, mais sans douleur, Leonis s'enfonça dans l'eau froide. Paralysé par la surprise, il mit du temps à comprendre ce qui lui arrivait. Lorsqu'il chassa finalement sa stupeur pour se mettre à nager vers la surface, l'air lui manquait déjà. Les yeux rivés sur le cercle de lumière qui représentait son salut, le sauveur de l'Empire fouettait l'onde avec furie. Durant cette course vers la vie, il ne songeait plus au fait qu'il évoluait probablement dans un rêve. Il n'apercevait plus les Paneb. Il ne voyait que la lumière au-dessus de lui. De toute évidence, la distance qui le séparait de la surface était trop grande pour qu'il pût l'atteindre à temps. Ses joues se gonflaient afin de retenir la faible quantité d'oxygène qu'elles contenaient. L'enfant-lion eut soudain la sensation qu'une lame fouillait ses poumons. La douleur fut si vive qu'il cessa de nager. Involontairement, il relâcha son air. Il eut alors la certitude qu'il allait mourir. Résigné, Leonis inspira profondément. Contre toute attente, cela lui fit un bien immense. Après avoir rempli et vidé ses poumons à quelques reprises, il prit conscience qu'il arrivait à respirer sous l'eau. Il ne perdit pas de temps à s'interroger sur ce prodige. Soulagé mais toujours animé par la terreur, il se propulsa vers la surface.

Le sauveur de l'Empire émergea vivement de l'eau. Il fut aveuglé par une intense lumière. Il ne put distinguer tout de suite le décor qui l'entourait. Il chassa les mèches de cheveux qui adhéraient à son front et se frotta les yeux avec impétuosité. En ouvrant les paupières, Leonis constata qu'il se trouvait dans le temple de Bastet. La déesse-chat se tenait en bordure du bassin circulaire au milieu duquel venait de surgir son protégé. Elle portait une robe blanche brodée de fil d'or. Ses yeux jaunes de félin étaient fixés sur l'enfant-lion. Un sourire admiratif éclairait son ravissant visage. En deux brasses laborieuses, Leonis gagna le rebord du bassin. Il sortit péniblement de l'eau et se laissa choir, les bras en croix, sur les dalles du temple. Hors d'haleine, il regarda la divinité avec mauvaise humeur. D'une voix suave, Bastet déclara :

— Tu as réussi, Leonis. Tes compagnons et toi avez libéré la sorcière d'Horus. J'ai assisté à votre traversée des Dunes sanglantes. Vous m'avez comblée de fierté.

Le sauveur de l'Empire secoua la tête d'un air dégoûté. Un rictus de colère déformait ses traits. Il prit le temps de reprendre sa respiration régulière avant de lancer :

— Vous auriez pu choisir une autre façon de me convoquer, déesse-chat ! J'ai failli mourir de peur ! Je déteste les Paneb ! Qui sont-ils, au juste ? Qu'ai-je fait pour que ces nabots se montrent toujours aussi désagréables avec moi ?

— Les Paneb ne sont guère responsables du cauchemar que tu viens de faire, enfant-lion. En fait, depuis le début de ta quête, tu ne les as vus qu'une fois en chair et en os. C'était à Bouto, dans cette chapelle dédiée à la déesse Ouadjet. Ce jour-là, ils t'ont révélé où se trouvait l'entrée des souterrains que tu as si vaillamment parcourus pour réunir les fragments du talisman des pharaons. Puisque, peu de temps après, tu m'as rencontrée dans ces souterrains, ton esprit fait spontanément le lien entre les Paneb et moi. C'est la raison pour laquelle, d'ordinaire, j'utilise l'image de ce drôle de trio pour communiquer avec toi.

— C'est donc à vous que je dois cet horrible rêve ! s'exclama le sauveur de l'Empire.

— Pas du tout, Leonis, lui assura Bastet. Je me sers de l'image des nains pour t'envoyer un signal. Même si tu dors à poings fermés lorsque cela se produit, tu parviens clairement à saisir que je te convoque. Tu viens alors me retrouver en rêve. Quand tu interroges les Paneb, il m'arrive de transmettre une réponse à ton esprit. C'est toutefois ton imagination qui conçoit les songes qui te conduisent jusqu'à moi. J'ai très peu de contrôle sur ce que tu inventes. Lorsque tu as fait la connaissance des Paneb, ils se sont montrés désagréables avec toi. Ainsi, chaque fois qu'ils t'apparaissent dans un rêve, ils se comportent exactement comme ils l'ont fait le jour de votre rencontre au sanctuaire de Bouto. Tu les vois aussi détestables, mais c'est ton esprit qui détermine ce qu'ils te disent et comment ils agissent… Au coucher du soleil, Sia vous a révélé qu'une source coulait très profondément sous vos pieds. Ces paroles t'ont inspiré le décor de ton cauchemar. Tu as imaginé un puits menant à cette source. Les Paneb, à qui tu prêtes de bien mauvaises intentions, ont provoqué ta chute. Tu as plongé dans la source et tu as refait surface au milieu d'un bassin qui, en vérité, n'existe pas dans mon temple…

L'enfant-lion s'assit. Avec un vague sourire, il dit :

— Si je comprends bien, lorsque les Paneb m'abreuvent d'injures, c'est moi-même qui mets ces paroles désobligeantes dans leur bouche. Je m'insulte, en quelque sorte… Serais-je en train de devenir fou, déesse-chat ?

— Les mortels possèdent tous leurs démons intérieurs, mon garçon. Avant de devenir le sauveur de l'Empire, tu n'étais qu'un esclave. Tu as vécu tes jeunes années dans la servitude et l'humiliation. Malgré tes récents succès, et en dépit de l'importance que tu revêts pour la glorieuse Égypte, quelque chose en toi s'accroche à la pensée que tu ne seras toujours qu'un esclave. Pour atteindre l'estime de soi, certains mortels doivent travailler très fort. J'irai même jusqu'à dire que la poursuite d'une telle quête peut se révéler beaucoup plus longue et ardue que celle que tu mènes en ce moment pour sauver les hommes. Tu te juges parfois trop sévèrement, enfant-lion. Ne confonds plus la fierté et la vantardise. Tu as le droit d'être satisfait de tes exploits. Conserve ton humilité, mais balaye cette honte qui t'empêche de savourer pleinement les joies du cœur. Si tu parvenais à étouffer ces murmures qui t'affirment que tu n'es qu'un être négligeable, tu expérimenterais un bonheur nouveau et sans la moindre entrave. Tu aurais la certitude de mériter chacun des merveilleux instants que t'apporterait la vie. Si tu prenais conscience de ta valeur, mon brave Leonis, même les affreux Paneb que tu rencontres en rêve se montreraient gentils avec toi.

— Lorsque ma quête sera achevée, je vous promets de me consacrer au bonheur, déesse Bastet. Quand l'offrande suprême sera livrée à Rê sur la table aux douze joyaux, je ferai en sorte de profiter des joies du cœur. Mais, d'abord et avant tout, je devrai retrouver ma petite sœur Tati. Je devrai aussi renoncer à la princesse Esa. Car, pour le moment, il m'est difficile d'imaginer le bonheur sans elle… Il y a des choses qu'on ne peut changer, déesse-chat. Je rêve d'épouser Esa, mais ce projet est irréalisable. Même si j'oubliais mon passé d'esclave et gonflais mon cœur de toute la confiance qu'il est capable de contenir, même si je me considérais comme le plus beau, le plus fort et le plus glorieux des princes d'Égypte, même si je possédais un palais, des centaines de serviteurs et autant de joyaux qu'il y a d'étoiles dans le ciel, malgré tout cela, Esa ne deviendra jamais ma femme.

— Tu as sans doute raison, convint Bastet. Pour atteindre le bonheur, l'homme doit aussi savoir renoncer à certaines choses…

La divinité se tut. Leonis soupira et émit un petit rire avant de lancer :

— Cette conversation est très enrichissante, déesse-chat, mais j'imagine que mon bonheur a bien peu à voir avec la raison pour laquelle vous m'avez convoqué…

— Tu ne te trompes pas, Leonis. J'avais le devoir de te féliciter pour la formidable tâche que tu viens d'accomplir. Tes amis et toi m'avez fortement impressionnée. Je dois également te transmettre les remerciements du dieu Horus. Vous lui avez rendu un fier service en délivrant sa sorcière. Vous ne disposiez pourtant que d'un maigre indice pour libérer Sia du sort qui la retenait captive. Je dois l'avouer que j'ai douté de votre réussite… Peu d'hommes auraient pu survivre aux épreuves que vous avez surmontées dans les Dunes sanglantes. Le duel des dieux a été terrible. Le dieu-faucon a triomphé, mais vous avez grandement contribué à sa victoire. Seth n'a pas pu tricher, cette fois. La déesse Maât a veillé à ce que les règles de l'affrontement soient respectées. Mais Seth n'est qu'un fourbe. Il n'a pas su digérer la défaite. Il t'a donc tendu un piège. J'ai tout vu, Leonis. J'ai mis Rê au courant de la sournoise tentative du tueur de la lumière. Mon père a jugé que Seth avait mal agi. Il l'a donc condamné à demeurer cent ans dans les Dunes sanglantes. Désormais, il lui sera impossible d'intervenir dans la quête des douze joyaux.

— Qu'advient-il du sorcier Merab? demanda l'enfant-lion.

— Malheureusement, ce sorcier est toujours libre d'agir contre toi, Leonis. Il appartient à Seth et je n'ai aucun droit de l'éliminer. Toutefois, maintenant que Sia marche à tes côtés, Merab s'avère beaucoup moins menaçant. En outre, il sera privé de son maître. Cet envoûteur demeure néanmoins très redoutable. Il a rejoint les adorateurs d'Apophis et, même si je ne dispose d'aucun moyen de connaître ses desseins, je devine bien qu'il mettra tout en œuvre pour nuire à ta quête… Il me reste deux choses à t'annoncer, mon garçon. L'une d'elles te rendra certainement heureux; l'autre te causera sans doute un peu d'inquiétude…

Le sauveur de l'Empire ne dit rien. D'un mouvement du menton, il invita la déesse à poursuivre. Elle le fit:

— Au cœur des Dunes sanglantes, tes compagnons ont assisté à la fureur des dieux. Ils ont vu des créatures créées par Seth. Le jour où il a tenté de te piéger, le dieu du chaos s'est manifesté devant les yeux de Montu et de Menna. Jusqu'à présent, tu n'étais pas autorisé à te transformer en lion devant tes amis. Cette métamorphose divine ne pouvait s'opérer sous le regard d'un simple mortel. Après avoir vu ce qu'ils ont vu, tes amis ne peuvent plus être considérés comme de simples mortels. En cas de danger, tu pourras donc te transformer en leur présence.

Leonis hocha la tête. Il déclara dans un murmure :

— Merci, déesse-chat. Je vous promets de continuer à faire bon usage de mon pouvoir... Si vous m'annonciez la mauvaise nouvelle, maintenant ?...

— Hier, le second coffre a été ouvert, enfant-lion. Pharaon ne t'a malheureusement pas attendu...

4
PERDUE DANS LA CITÉ

L'aube se levait sur l'Égypte. L'air était frais et sec. Le dos appuyé contre la surface rugueuse d'un mur de briques crues, la petite Tati grelottait. Elle avait envie de pleurer. Sa jolie robe était sale, ses pieds la faisaient souffrir et elle commençait à avoir très faim. Depuis quatre jours et quatre nuits, elle errait, craintive et démunie, dans les rues de la grande cité de Memphis. Avant de la quitter, monsieur Hay lui avait pourtant expliqué longuement le trajet qui devait la conduire au palais royal. À ce moment-là, la fillette ne s'était pas inquiétée. Elle avait même assuré à l'homme qu'elle parviendrait sans difficulté à atteindre son but. Après quelques tendres étreintes, Hay avait tourné les talons. Tati l'avait vu disparaître, avalé par la foule bigarrée de la place du marché. Peu de temps après, elle constatait déjà qu'elle était perdue.

La petite était maintenant assise dans une venelle sombre où régnait une entêtante odeur de pipi de chat. Cette nuit-là, écrasée par la fatigue, Tati s'était faufilée dans ce passage étroit qui s'ouvrait entre deux bâtiments. Étendue sur le sol, elle avait dormi durant quelques heures. Ce court répit n'avait toutefois pas atténué son épuisement. Au contraire, il semblait avoir eu raison de ses dernières forces. Prostrée dans l'ombre, la jeune sœur du sauveur de l'Empire songeait à sa déplorable situation. Quelques jours auparavant, elle avait eu la certitude qu'elle allait bientôt retrouver son frère Leonis. Mais cette certitude s'était vite transformée en vague espérance. L'espérance, à son tour, avait été dissipée par le doute ; et le doute, au fil des innombrables allées et venues de la fillette au cœur de cette cité trop grande pour elle, avait finalement cédé le pas à une profonde détresse.

Hay eût été fort chagriné de la voir ainsi. L'ancien guerrier des ennemis de la lumière avait hésité avant de laisser sa protégée se débrouiller toute seule. Il n'avait pu faire autrement, cependant. Les rues de Memphis grouillaient de soldats. Un peu partout, des postes de garde avaient été dressés. Les combattants de Pharaon étaient visiblement sur le qui-vive. Ils contrôlaient des individus au hasard, demandant parfois aux hommes qui portaient une tunique ou une robe de dévoiler leur torse. De toute évidence, les soldats cherchaient à démasquer des ennemis de l'Empire. Ils vérifiaient sans doute si la poitrine des passants qu'ils interceptaient n'affichait pas la marque au fer rouge des adorateurs d'Apophis. Hay doutait de leur succès. Car seuls les membres des troupes d'élite de Baka arboraient ce symbole. Les Hyènes, puisque c'est ainsi que l'on désignait ces habiles et impitoyables assassins, quittaient rarement le Temple des Ténèbres. La majeure partie de leur existence était consacrée à l'entraînement. Si elles se mêlaient parfois au peuple, les Hyènes, grâce à d'efficaces informateurs, n'eussent jamais couru le risque de déambuler dans Memphis en étant au fait de la présence de si nombreux soldats. Hay avait été une Hyène. Son torse porterait à tout jamais la marque du grand serpent. Il était donc hors de question qu'il s'aventurât dans la cité. En outre, quelque temps auparavant, il avait simulé sa mort afin d'échapper à l'emprise de Baka. Désormais, pour éviter de se faire reconnaître par ses anciens compagnons d'armes, il devrait s'efforcer de demeurer discret. La belle Khnoumit l'attendait. À l'instant où Hay enlaçait Tati pour la dernière fois, la sœur du maître des ennemis de la lumière était déjà en route pour Edfou. Hay devait la rejoindre et éliminer les six hommes qui l'escortaient. Si tout se passait bien, Khnoumit et lui se dirigeraient ensuite vers la frontière sud des Deux-Terres. Ils quitteraient alors le sol d'Égypte pour embrasser une vie nouvelle dans le pays de Khoush[3].

Tati n'avait aucune idée des projets que caressaient Khnoumit et monsieur Hay. La belle dame lui manquait beaucoup. L'enfant se doutait bien que, si elle était parvenue à retrouver Leonis, elle eût tout de même éprouvé du chagrin en songeant qu'elle ne reverrait plus cette femme qui avait été si gentille avec elle. Mais la présence de son frère à ses côtés eût certainement étouffé cette tristesse sous un incomparable bonheur. Elle rêvait de ce moment depuis si longtemps ! Pourquoi avait-elle tout gâché ?

Tati se trouvait bien stupide. Qu'allait-elle devenir, maintenant ? Elle n'était pas arrivée à rejoindre Leonis, et Khnoumit n'était plus là pour veiller sur elle. La perspective d'avoir à demander son chemin l'effrayait. Les gens devineraient sûrement qu'elle avait déjà été

---

3. KHOUSH : NOM QUE DONNAIENT LES ANCIENS ÉGYPTIENS À LA NUBIE. DANS L'ANCIEN EMPIRE, LE PAYS DE KHOUSH ÉTAIT SITUÉ AU SUD DE LA PREMIÈRE CATARACTE DU NIL.

une esclave. Peut-être la reconduirait-on sans délai à l'atelier de Thèbes où elle avait passé tant de pénibles années. De surcroît, Khnoumit lui avait avoué que, parce qu'elle était la petite sœur de Leonis, de très vilains hommes lui voulaient du mal. Tati craignait de tomber sur l'un de ces individus. Chaque fois qu'un passant l'observait avec trop d'insistance, l'angoisse l'étreignait.

La fillette se leva. Son ventre vide la faisait souffrir. Ses oreilles bourdonnaient et ses jambes étaient faibles. Elle ne pouvait continuer à vagabonder comme cela. Au mépris de ses craintes, elle devait à tout prix demander de l'aide. Elle quitta lentement la venelle pour déboucher dans la rue déserte. Le soleil éclaboussait d'or le ciel de l'aube. Tati marcha un peu avant de s'immobiliser à bonne distance d'un groupe de soldats vêtus d'épaisses tuniques et armés de lances. Les gaillards discutaient à voix basse. La petite les observa un long moment, puis trouva le courage de s'avancer vers eux. Absorbés par leur conversation, ils ne la virent pas s'approcher. Un combattant laissa échapper un rire qui fit sursauter Tati. Elle s'arrêta, hésitante. De l'endroit où elle se tenait à présent, elle pouvait observer ces hommes. Trois d'entre eux étaient jeunes. Le quatrième, par contre, était un vieillard. Ce dernier semblait un peu fâché. Les autres le regardaient en souriant. Le vieux soldat balaya l'air de la main. Il heurta le sol avec le manche de bois de sa lance, et il jeta :

— Vous pouvez bien vous moquer de moi, jeunes blancs-becs ! Aucun de vous ne servira l'Empire aussi longtemps et aussi bien que je l'aurai servi !

— Allons, Senedjem ! répliqua l'un de ses camarades, depuis que tu sers dans les troupes de Pharaon, tu n'as jamais livré un seul combat ! Tu es en colère parce qu'on t'a remplacé au portail ouest, mais, si tu veux mon avis, ton supérieur a bien agi. Nous savons tous que tu passais tes nuits de garde à dormir.

— Comment ! s'exclama le vieux. Ce ne sont que des racontars ! J'ai gardé le portail ouest chaque nuit durant presque vingt ans. Jamais je n'ai fermé l'œil ! On m'a manqué de respect en m'envoyant patrouiller dans les rues. Mon supérieur a fait une erreur en me remplaçant. La garde nocturne des portails de la cité doit être confiée à des hommes expérimentés…

— Tu as surtout une grande expérience du sommeil, Senedjem, observa un soldat. Une momie serait sans doute plus efficace que toi. En ce moment, les portails doivent être surveillés par de véritables guerriers. Nos ennemis sont redoutables, paraît-il.

— Nos ennemis, répéta Senedjem sur un ton railleur. Qui sont-ils, ces ennemis? Où sont-ils? Nos supérieurs ne nous disent presque rien sur eux. Nous devons chercher des gaillards qui portent une marque au fer rouge sur la poitrine. Nous ne savons même pas à quoi ressemble cette marque, et…

Le vieux soldat s'interrompit. La petite Tati s'était rapprochée. Elle se tenait non loin des hommes et elle levait vers eux des yeux apeurés. Senedjem plissa les paupières pour mieux l'observer. Il acheva son rapide examen avec un sourire et lança:

— Que veux-tu, gamine? Si tu désires t'engager dans l'armée de Pharaon, sache que tu n'as pas la moindre chance. Tu es trop jeune. En plus, tu es une fille… Remarque que, en ce qui me concerne, je crois que tu ferais autant l'affaire que ces novices qui m'accompagnent. L'Empire recrute n'importe qui, maintenant.

La boutade du vétéran laissa ses compagnons indifférents. Tati resta muette. Elle se dandinait en triturant un pli de sa robe sale. L'un des jeunes combattants fit un pas dans sa direction. Elle recula d'une enjambée, luttant visiblement contre l'envie de prendre ses jambes à son cou. Le soldat s'immobilisa. Il s'accroupit et fit un geste de la main dans le but d'apaiser la fillette. D'une voix calme, il dit :

— Que se passe-t-il, petite fille ? Que peut-on faire pour t'aider ?

Tati essaya de répondre, mais le chagrin l'étouffait. Ses yeux s'emplirent de larmes. Le jeune homme s'avança. Cette fois, la sœur du sauveur de l'Empire ne bougea pas. Le soldat parvint à glisser une main tendre dans ses cheveux. Il attendit que ses sanglots s'atténuassent avant de dire à mi-voix :

— Nous sommes là pour aider les gens qui ont des problèmes, fillette. Puisque tu pleures, c'est que tu as certainement un gros problème. Je serais très heureux de le régler, mais il faut d'abord me dire ce qui ne va pas.

— Je… je… je suis perdue, balbutia enfin Tati. Mons… monsieur Hay m'avait expliqué le chemin, mais je me suis quand même perdue. J'ai faim. Je suis fatiguée. Il faut que je retrouve mon grand frère.

— Sèche tes larmes, ma belle. Si tu pouvais me donner quelques détails sur l'endroit où tu dois te rendre, je suis sûr que nous pourrons te venir en aide. Mes camarades et moi, nous connaissons très bien Memphis.

— Je dois aller au palais royal, glissa Tati. C'est là que mon frère habite.

— Vraiment! s'étonna le gaillard. La demeure de Pharaon n'est pas difficile à trouver. Seulement, depuis quelques semaines, seuls les soldats de l'Empire sont autorisés à s'en approcher. Si tu me disais le nom de ton frère, je pourrais aller me renseigner à son sujet. Que fait-il au palais? Sert-il dans la garde royale? Est-il un serviteur?

— Je… je ne sais pas, bredouilla Tati avec gêne. La dernière fois que j'ai vu Leonis, j'étais toute petite. Je sais seulement que, maintenant, il habite le palais.

Senedjem s'interposa:

— Peux-tu répéter le nom de ton frère, petite?

— Il s'appelle Leonis, dit de nouveau Tati.

Le vieux fronça les sourcils. L'air songeur, il se massa le menton. Les autres l'observaient avec curiosité. L'affable jeune soldat qui avait abordé la fillette demanda:

— Qu'y a-t-il, Senedjem? Ce nom te rappelle-t-il quelqu'un?

Le vétéran esquissa une moue. Il hocha la tête à plusieurs reprises avant de prendre la parole:

— Croyez-moi si vous le voulez, mais je suis certain d'avoir déjà vu le frère de cette gamine. C'était durant la saison des semailles. Il y a sept ou huit mois de cela. Cette nuit-là, un adolescent – il devait avoir environ quatorze ans – s'est présenté au portail ouest. Je montais la garde avec Menna, un novice tout aussi crâneur que vous l'êtes. Juste avant de se montrer, le jeune garçon avait tenté de nous effrayer en imitant un lion. Ce fou était nu comme un ver. Il a dit qu'il se nommait Leonis. À l'exemple de cette fillette, il voulait se rendre au palais. C'est Menna qui l'a conduit devant l'enceinte de la grande demeure de Mykérinos. Je ne pouvais tout de même pas abandonner ma surveillance pour escorter un vagabond! Je me suis toujours fait un devoir d'être en poste pour repousser l'ennemi. Vous savez, dans ma jeunesse…

— Va droit au but, Senedjem, le coupa un soldat. Si tu recommences à nous parler de tes souvenirs, nous serons encore ici lorsque le soir viendra.

Un autre combattant renchérit:

— De toute manière, en ce temps-là, les seuls ennemis que tu avais à repousser étaient les moustiques qui t'empêchaient de faire la sieste.

Désabusé, Senedjem ouvrit les bras pour maugréer:

— Vous ne savez pas la chance que vous avez de côtoyer un homme de ma trempe. Le respect se perd… Enfin… Où en étais-je? Ah oui! Menna est allé conduire le gamin au palais. En revenant, il m'a dit que ce bougre y était vraiment attendu. Il paraît que les gardes l'ont presque porté en triomphe. Quelques jours plus tard, mon collègue avait une nouvelle affectation. La dernière fois que je l'ai vu, il était accompagné d'un garçon aux cheveux roux. Menna a refusé de me parler de sa nouvelle tâche, mais je suis certain que, grâce à ce Leonis, il a obtenu un poste important au sein de la garde royale.

Tati avait écouté les propos du vétéran avec attention. Ses traits s'étaient légèrement éclairés. Le découragement des derniers jours se teintait enfin d'espérance. Cet homme avait vu son grand frère! Comme l'avait affirmé monsieur Hay, Leonis habitait bel et bien le palais. Senedjem représentait un lien tangible avec lui. Elle avait envie de prendre la main du vieux. Elle voulait lui demander de la conduire sans attendre auprès de son frère. Elle s'efforça néanmoins de conserver son sang-froid. Avec anxiété, elle guettait la réaction des soldats. Celui qui se tenait près d'elle fut le premier à réagir aux propos du vétéran:

— Ton visage est sincère, Senedjem. D'habitude, lorsque tu nous assures que tu n'as jamais dormi durant tes heures de garde, ton regard est fuyant. Nous savons alors que tu mens. Cette fois, je suis porté à te croire.

Ton récit est quand même étonnant. Puisque, selon toi, Leonis est un adolescent, il est impossible qu'il soit un soldat de la garde de Mykérinos. S'il n'avait été qu'un simple serviteur, les gardes du palais ne l'auraient sûrement pas accueilli avec autant d'enthousiasme. S'il s'agissait du fils d'un noble, il ne se serait certainement pas présenté nu à l'entrée de la capitale…

L'aimable combattant posa de nouveau les yeux sur Tati pour l'interroger :

— Qui es-tu donc, petite fille ? Ta jolie robe est un peu défraîchie, mais elle est taillée dans la meilleure étoffe. Tes parents sont-ils des gens de la cour de Pharaon ? Si c'est le cas, ils ont été bien imprévoyants de te laisser te balader seule dans les rues. En outre, tu nous as dit ne pas avoir vu ton grand frère depuis des années… La situation n'est pas claire. Où est cet homme qui t'a indiqué le chemin du palais ? Pour quelle raison n'a-t-il pas voulu t'accompagner plus loin ?

La sœur de l'enfant-lion tressaillit. Monsieur Hay lui avait fait comprendre que, quoi qu'il arrivât, elle devrait éviter de parler de lui. Dans son désarroi, elle avait oublié cette directive. Elle avait aussi promis de ne jamais prononcer le nom de Khnoumit ni de faire mention de son séjour chez elle. Que pouvait-elle répondre afin de satisfaire la curiosité du jeune soldat? Ce récent passé, qu'elle avait le devoir de dissimuler, était l'unique pont entre l'esclave miséreuse qu'elle avait été et la nouvelle Tati qui, en dépit de son manque d'hygiène des derniers jours, conservait des allures de noblesse. À cet instant, la fillette ressentit un vide immense. Mis à part son nom, elle n'avait pas d'identité. Son frère était la seule personne au monde qui eût pu lui en fournir une. Mais Leonis n'était pas là, et Tati n'avait rien à raconter à ces hommes qui avaient la possibilité de la mener jusqu'à lui. La petite passa une main nerveuse dans ses cheveux noirs et courts. Elle baissa la tête et se mordit la lèvre inférieure avant de dire à voix basse:

— Je suis Tati, monsieur. Je suis la sœur de Leonis. Il y a longtemps, mes parents se sont noyés dans le grand fleuve… Je… je suis juste… Tati.

La fillette ne pleura pas. Elle se contenta de hausser les épaules avec résignation. Elle courba le dos et se retourna lentement. Les combattants la virent s'éloigner d'eux à petits pas traînants. Les hommes s'entre-regardèrent un moment sans comprendre; puis, avec un sourire empreint de compassion, Senedjem lança:

— Où vas-tu, gamine ? Le palais royal n'est pas dans cette direction ! Ne pars pas comme ça, par Hathor ! Suis-moi ! Ton grand frère Leonis sera sans doute très heureux de te revoir !

Ces paroles tétanisèrent Tati. Ses jambes devinrent molles comme du chiffon. Des bourdonnements emplirent sa tête et, autour d'elle, le monde se mit à tournoyer. Devant le regard inquiet des soldats, elle s'effondra sur le sable durci de la rue.

5

BAIGNADE
DANS LE DÉSERT

Montu réveilla Leonis en lui administrant quelques vigoureuses tapes sur l'épaule. L'enfant-lion ouvrit les yeux pour apercevoir la figure hilare de son ami. Celui-ci s'écria :

— Lève-toi vite, Leonis ! Sia disait la vérité ! Il y a de l'eau ! Un véritable petit lac en plein désert !

Le sauveur de l'Empire comprit aussitôt de quoi il s'agissait. Il s'extirpa de son cocon de sable et se mit debout pour regarder dans la direction indiquée par Montu. Avec un mélange de surprise et d'amusement, il constata que son ami avait à peine exagéré. Durant la nuit, la creusure dans laquelle Sia avait planté son bâton s'était remplie d'eau. Une large mare s'offrait maintenant aux voyageurs. Elle brillait comme un miroir dans le paysage cuivré des dunes. Sia et Menna s'y ébattaient déjà. La tête penchée au-dessus de l'onde claire, l'ânesse rousse s'ébrouait avec contentement. Leonis murmura :

— Cette sorcière est vraiment très forte.

— En effet, acquiesça Montu. Dorénavant, il ne faudra plus douter d'elle... Je meurs d'envie de me baigner ! Tu viens, Leonis ?

Le sauveur de l'Empire opina du chef et les deux garçons dévalèrent la dune. Sans se dévêtir, ils se précipitèrent dans la mare en poussant de vives exclamations. L'eau très froide les pétrifia. Leurs cris se transformèrent en râles. En voyant leur réaction, Sia et Menna éclatèrent de rire. Montu hurla :

— C'est affreusement froid !

— Je crois que mon cœur vient de s'arrêter de battre ! ajouta Leonis d'une voix chevrotante.

— Vous vous habituerez vite, affirma Sia. Avouez qu'il n'y a rien de tel pour chasser les vapeurs du sommeil. Un bain comme celui-là fouette le sang.

— Je n'en doute pas ! répliqua l'enfant-lion. Après cette baignade, je suis persuadé que nous pourrons courir sans répit jusqu'à Memphis !

La sorcière lissa ses longs cheveux mouillés. Un sourire indéfinissable naquit sur ses lèvres.

Après avoir arrêté son regard sur chacun de ses compagnons, elle fixa l'est d'un air méditatif. Elle se racla la gorge avant de dire:

— J'attendais le réveil de Leonis pour vous annoncer une heureuse nouvelle... Au lever du soleil, j'ai de nouveau communiqué avec Hapi. J'ai pu voir ce que ses yeux voyaient... Puisque je suis demeurée très longtemps à l'écart de ce monde, je n'avais jamais eu la chance de contempler les pyramides... Mais ce matin, grâce à mon divin faucon, j'ai vu ces merveilles érigées par les hommes. J'ai également revu Memphis. La cité au mur blanc était encore loin. Elle a aussi beaucoup changé. Toutefois, je n'ai eu aucun mal à la reconnaître. La porte qui nous a permis de quitter l'oasis était donc située plus près de Memphis que de Thèbes! Les dieux y sont sans doute pour quelque chose! Comprenez-vous bien ce que cela signifie? Dans quelques jours, nous pénétrerons dans la capitale, mes enfants!

Cette révélation fut saluée par un puissant cri de joie. Les aventuriers et la sorcière d'Horus s'enlacèrent avec effusion au centre de l'étang. Un peu comme si elle eût voulu prendre part à cette manifestation d'allégresse, l'ânesse poussa un hi-han sonore et s'avança dans l'onde. Montu alla à sa rencontre pour lui caresser le museau. Elle remercia son maître en lui léchant une oreille.

— Tu as entendu ça, ma vieille! Tu vas bientôt pouvoir te gaver d'orge en racontant tes aventures à tes semblables! Et, si jamais ils refusent de te croire, tu leur diras de ma part qu'ils ne valent pas mieux que des ânes!

— Que ferons-nous de cette brave bête? demanda Menna. Elle ne pourra certainement pas nous accompagner à l'intérieur de l'enceinte du palais royal...

— Et pourquoi pas? fit Montu. Cette ânesse a survécu à la fureur de Seth! Elle m'a déjà sauvé la vie! Cette bête mériterait qu'on dresse une statue en son honneur! Elle ne transportera plus jamais de charge! J'y veillerai! Et, s'il le faut, elle dormira dans ma chambre! Son nom entrera dans la légende!

Leonis pouffa en faisant remarquer:

— Ton ânesse n'a pas encore de nom, mon vieux. L'affection que tu éprouves pour elle est très émouvante. Pourtant, hier, tu te proposais de la dévorer en commençant par les sabots.

— Je sais, Leonis, soupira Montu en baissant comiquement la tête. Maintenant, tu prends conscience que la gourmandise peut parfois pousser l'homme à accomplir de bien difficiles sacrifices... Pour ce qui est de lui trouver un nom, je crois que c'est fait : elle s'appellera Biscuit !

Le sauveur de l'Empire commenta en gloussant :

— Pour un animal légendaire, ce n'est pas un nom très flatteur.

— Tu as raison, Leonis, soutint Menna. Et puis, en nommant ainsi cette vaillante bête, tu auras encore plus envie de la manger, mon pauvre Montu.

Montu ne voulut rien entendre. Il s'éloigna de son ânesse. Ensuite, il la héla en utilisant le nom cocasse qu'il avait choisi. L'animal s'empressa de traverser l'étang peu profond pour rejoindre son maître. Cette réaction fit rire les voyageurs. Avant de quitter le plan d'eau, ils profitèrent encore un peu des bienfaits de cette baignade imprévue. Lorsqu'ils s'installèrent sur la dune pour manger, le soleil matinal était déjà brûlant. La joie resplendissait sur le visage de Montu et de Menna. La nouvelle que leur avait annoncée Sia semblait les avoir libérés d'un poids énorme. Leonis paraissait heureux lui aussi. Mais, en vérité, il était très préoccupé. La déesse-chat lui avait affirmé que le second coffre avait été ouvert. Il ne pouvait garder cette confidence pour lui-même. Le protégé de Bastet devait faire part de cette triste nouvelle à ses fidèles compagnons d'aventures. Seulement, il ne voulait guère ternir le bonheur qu'ils éprouvaient à cet instant. Sia mit un terme aux hésitations de l'enfant-lion. En posant une main sur son bras, elle déclara :

— Leonis a une grave révélation à nous faire, mes enfants.

Menna et Montu portèrent leur attention sur leur ami. Le sauveur de l'Empire hocha doucement la tête. Avec un sourire las, il dit :

— Il est impossible de te cacher quoi que ce soit, Sia. Comment pourrai-je espérer préserver mes secrets lorsque tu seras dans les parages ? J'ai quelquefois de ces pensées que j'aimerais bien garder pour moi-même, si tu vois ce que je veux dire…

— Ne va pas croire que je m'amuse sans cesse à fouiller dans les pensées des gens, Leonis. Je dois d'ailleurs me concentrer intensément pour y arriver. Cette fois, je l'ai fait parce que j'ai décelé de l'angoisse dans ton regard. Je désirais tout bonnement savoir ce qui te tracassait ainsi.

En faisant mine de chasser une mouche, l'enfant-lion pardonna à la femme son indiscrétion :

— Ce n'est rien, Sia. De toute manière, je ne comptais pas garder le silence très longtemps. Ce qui concerne la quête des douze joyaux nous concerne tous…

Leonis marqua une pause. Il expira profondément avant de reprendre la parole :

— La nuit dernière, j'ai rencontré Bastet en rêve. Elle m'a appris que, hier, le coffre découvert dans le tombeau de Dedephor avait été ouvert...

Menna frappa le sable d'un poing rageur. À lui seul, ce geste de déception démontrait qu'il ne doutait pas des paroles du sauveur de l'Empire. Par acquit de conscience, le soldat demanda tout de même :

— Es-tu bien sûr d'avoir réellement communiqué avec la déesse-chat ? Peut-être ne s'agissait-il que d'un simple rêve...

— Je suis certain d'avoir rencontré la déesse, Menna. Les songes qui m'emportent vers Bastet sont trop particuliers pour que je les confonde avec mes rêves habituels. Les joyaux que contenait le second coffre ont été révélés. Nous ne devons pas douter de ce fait. En supposant que le faucon Amset ait réussi à livrer notre premier message, il ne semble pas que Mykérinos l'ait lu. Pharaon doit maintenant connaître l'endroit où a été dissimulé le troisième coffre. Au moment où je vous parle, il est possible que des hommes soient déjà partis à sa recherche.

— J'espère que le sorcier Merab n'est pas au courant, dit Montu d'une voix blanche.

Les adorateurs d'Apophis ne reculeraient devant rien pour mettre la main sur ce coffre. Si Baka arrivait à s'emparer d'un seul des douze joyaux, il ne nous resterait plus qu'à attendre la fin des fins… Tu es l'élu, Leonis ! Jusqu'à présent, tu as accompli tout ce qu'on espérait de toi ! Mykérinos aurait dû attendre ton retour !

— Il est inutile de blâmer Pharaon, affirma l'enfant-lion. Le roi a le devoir de préserver son peuple du grand cataclysme. Il ne connaît pas l'existence de Merab. Même si je suis l'élu, Mykérinos pouvait-il prendre le risque de m'attendre encore en ne sachant même pas si j'étais toujours vivant ? Il y a plus de deux mois que nous sommes partis. Mon message n'a pas été lu. Pharaon a patienté tout ce temps avant de procéder à l'ouverture du coffre. N'est-ce pas là une preuve évidente de la certitude qu'il avait de nous revoir ? Mykérinos vient à peine de renoncer à nous. Or, selon moi, rien n'est perdu. Il nous reste peut-être une chance d'atteindre Memphis avant le départ de nos remplaçants.

— Dans ce cas, il ne faut pas traîner ! s'exclama Menna. Nous devons vite remplir les outres ! Ensuite, nous nous mettrons en route !

— Je n'ai pas terminé, Menna, lança Leonis. J'ai autre chose à vous confier…

Le combattant posa un regard inquiet sur le sauveur de l'Empire. Ce dernier se hâta de le rassurer :

— Sois sans crainte, Menna. Il s'agit d'une bonne nouvelle, cette fois.

Le soldat exhala un soupir de soulagement. Leonis enchaîna :

— Bastet m'a demandé de vous adresser ses félicitations, mes amis. Elle m'a aussi dit que le dieu Horus s'était montré très satisfait de notre réussite. Vous savez que je possède le pouvoir de me transformer en lion. La déesse-chat m'a conféré cette faculté au moment où j'achevais ma quête du précieux talisman des pharaons. Ce jour-là, elle m'a expliqué que, puisque j'étais né à l'instant précis où le Soleil entrait dans la constellation du Lion, il y avait quelque chose de divin en moi… Comme vous le savez, je ne peux employer mon pouvoir que dans les situations périlleuses. De plus, jusqu'à ce jour, il m'était impossible de me métamorphoser sous les yeux d'un mortel. Mais, cette nuit, Bastet m'a annoncé que je pourrais dorénavant me transformer devant vous. Dans les Dunes sanglantes, vous avez assisté à de nombreux prodiges. Après avoir vu ce que vous avez vu, vous ne serez pas trop impressionnés en regardant votre copain se changer en gros chat !

— Ce sera quand même étonnant! jeta Montu. Je veux bien assister à ce phénomène, mais, lorsque cela arrivera, je crois bien que j'aurai beaucoup de mal à empêcher mes jambes de trembler.

— La décision de Bastet pourra certainement nous aider, fit Menna. Même si, tout comme Montu, je serai sans doute très craintif lorsque je serai témoin pour la première fois de ta métamorphose, j'ai le sentiment que je m'habituerai vite à ce prodige… Il y a cependant une chose que je ne parviens pas à m'expliquer, Leonis…

— De quoi s'agit-il, Menna?

— Te souviens-tu de cette nuit où nous avons fait connaissance?

— C'était au portail ouest de Memphis. Tu m'a prêté une tunique avant de m'accompagner jusqu'au palais royal. Quelques jours plus tard, tu devenais mon protecteur.

— Oui, mon ami. Et je te serai toujours reconnaissant d'avoir eu confiance en moi. Mais retournons à cette nuit-là, si tu le veux bien… Avant de te voir apparaître devant le portail, mon collègue et moi avions entendu les rugissements d'un lion. C'était toi, évidemment. Tu t'es présenté à nous complètement nu parce que tu venais de reprendre ta forme humaine…

— C'est exact, répondit le sauveur de l'Empire avec un sourire timide. Si je ne veux pas déchirer mes vêtements, je dois me dévêtir avant de me transformer. C'est énorme, un lion! Mais tu sais depuis longtemps que ce fauve, c'était moi, mon vieux. Je ne vois pas…

— En fait, je voudrais simplement savoir si tu étais en danger cette nuit-là. T'étais-tu transformé en lion pour échapper à une situation périlleuse?

— N… non, balbutia Leonis. Bastet m'a donné ce pouvoir dans un temple situé à l'ouest du delta du Nil. Après avoir quitté ce lieu de culte, j'ai marché un peu. En me retournant, j'ai constaté que le temple avait disparu. Le talisman des pharaons était suspendu à mon cou. Je ne pouvais donc pas avoir imaginé toutes ces aventures que je venais de vivre pour l'acquérir. Malgré tout, je n'étais sûr de rien. J'ai donc prononcé trois fois le nom de Bastet. La déesse a entendu mon appel et je me suis changé en lion. Par la suite, je me suis transformé plusieurs fois en regagnant Memphis. Le lion est rapide. Il peut voyager de nuit comme de jour. J'aurais mis un temps fou à rallier la capitale sur mes jambes d'homme.

Menna se gratta la tête. Après un moment de réflexion, il demanda:

— Puisque tu n'étais pas en danger en quittant ce temple, Leonis, comment se fait-il que Bastet ait répondu à ton appel ?

— Je… je l'ignore, Menna. J'ai songé que, pour l'occasion, la déesse-chat avait simplement voulu chasser mes doutes… Il fallait aussi que le talisman soit rapidement mis en sécurité… Pour que Bastet autorise ma métamorphose, mon appel doit être justifié. Elle me l'a répété la nuit dernière. Elle m'a dit que, en cas de danger, je pourrais me changer en lion devant vous. Je ne dois pas utiliser mon pouvoir inutilement. Je ne dois surtout pas le faire dans le but d'exhiber ma force. D'ailleurs, vous savez qu'il est déjà arrivé que la déesse-chat ne permette pas ma transformation…

Sia l'interrompit :

— Selon moi, tu n'utilises pas ton pouvoir aussi souvent que tu le pourrais, mon garçon. À la lumière de ce que je viens d'entendre, il est évident que tu as du mal à saisir le sens des règles qui l'encadrent. J'estime que je peux t'éclairer à ce sujet. Car il est grand temps que tu prennes conscience des forces que tu négliges, enfant-lion.

6
À PAS DE LION

Le sauveur de l'Empire fixait la sorcière d'Horus sans trop comprendre où elle voulait en venir. En entendant les dernières paroles de Sia, Menna avait hoché la tête avec conviction. Il semblait partager son opinion. Sur un ton dubitatif, Leonis déclara :

— Tu es visiblement certaine que je pourrais me transformer selon mes désirs, Sia. Seulement, si c'était le cas, la déesse-chat me l'aurait clairement fait savoir. Je n'ai pas envie de te décevoir, mais je crois que tu fais erreur en prétendant que je pourrais avoir plus souvent recours à mon pouvoir.

— Je ne doute pas de la clarté des propos de Bastet, Leonis. Mais tu dois comprendre leur véritable signification : tu ne pourras jamais te métamorphoser dans le but de combler tes propres désirs. En te conférant ce pouvoir, la déesse t'a donné une grande responsabilité. Tu es un mortel. La faculté que tu possèdes pourrait s'avérer destructrice si tu l'utilisais par vanité. En assistant à ta métamorphose, les hommes te considéreraient d'emblée comme un dieu. Tu deviendrais alors un personnage puissant et redouté. Pharaon lui-même serait incapable d'accomplir un tel prodige. Ton pouvoir est digne de la déesse Sekhmet. En le révélant au peuple d'Égypte, tu pourrais vite régner sur lui. Tu serais vénéré et la moindre de tes aspirations serait satisfaite. Bien des hommes utiliseraient cette étonnante propriété dans le but d'assouvir leur soif de puissance… Mais telle n'est pas la volonté de Bastet. Tu es le sauveur de l'Empire. Elle t'a offert ce cadeau pour t'aider dans ta quête. Elle l'a fait pour ces paysans qui sèment l'épeautre dans les champs quand s'achève la crue du Nil. Elle l'a fait pour la mère qui, comme Isis, donne le sein à son enfant. Elle souhaite la quiétude du vieillard qui distribue sa sagesse au crépuscule de sa vie. Elle a agi ainsi pour le tisserand qui fabrique l'étoffe, pour la boulangère qui confectionne le pain et pour la chanteuse dont la voix charme les oreilles… Cette faculté ne t'appartient pas, enfant-lion. Elle appartient à tous ces gens que tu as le devoir de sauver… Certes, les lois qui régissent ton pouvoir ne peuvent être transgressées. Toutefois, elles sont peut-être moins strictes que tu ne le présumes. Menna a entrevu cette probabilité. C'est la raison pour laquelle il t'a demandé si le danger était présent lorsque tu as gagné le portail ouest de Memphis sous la forme du lion.

— Que dois-je comprendre à tout cela, Sia? l'interrogea le sauveur de l'Empire. Même si, cette fois-là, je ne courais aucun risque, j'ai pu me transformer à plusieurs reprises pour rentrer à Memphis. Comme je vous l'ai déjà dit, je croyais que la déesse-chat avait répondu à cet appel afin de balayer mes doutes. Et puis, étant donné que le talisman des pharaons représentait une importante part de ma quête, je devais me hâter de mettre ce pendentif en lieu sûr. Les règles sont les règles. Je demeure convaincu que, s'il n'y a aucun motif de le faire, je ne peux pas me métamorphoser. Durant notre expédition dans le Marais des démons, j'ai tenté de faire usage de mon pouvoir et…

— C'est vrai, mon vieux, le coupa Montu, mais, ce jour-là, nous n'avions pas vraiment besoin de ton pouvoir. Au contraire, si tu t'étais transformé, nous n'aurions probablement jamais découvert le premier coffre. À mon avis, Bastet n'a pas répondu à ton appel parce que nous étions sur une mauvaise piste…

La sorcière intervint de nouveau :

— Qu'est-ce que le danger, Leonis ?

— Le danger ? Heu… on peut dire qu'il vient lorsque la vie ou la santé d'un être est en jeu… Nous pourrions donner au danger autant de descriptions qu'il y a de grains de sable dans ces dunes qui nous entourent… Je… je crois que Menna, Montu et moi connaissons les périls mieux que quiconque, maintenant.

— Je n'en doute pas, concéda Sia. Seulement, ta réponse me prouve que tu ne vois le danger qu'au moment où il est immédiat. Lorsque la flèche est pointée sur ton cœur, tu juges la situation périlleuse. Les risques deviennent alors visibles, perceptibles. C'est ce genre de dangers que vous connaissez mieux que quiconque, mes braves. Peux-tu me dire si nous sommes en danger, en ce moment, enfant-lion ?

— Non, Sia, répondit Leonis en observant rapidement les alentours. Bien entendu, le désert n'est pas un endroit des plus hospitaliers, mais nous disposons de suffisamment d'eau et de nourriture pour rejoindre la vallée du Nil. Le soleil est menaçant, mais nos robes nous protègent de ses feux.

Sia émit un rire cristallin. Elle se leva pour faire quelques pas sur la dune. Lorsqu'elle se retourna vers les aventuriers, sa figure affichait un air narquois. Elle ouvrit les bras pour clamer :

— Nous ne sommes pas en danger, mes jeunes amis ! Apparemment, rien ne nous menace ! Que faites-vous dans ce désert, alors ? Pour quelle raison avez-vous risqué vos vies dans le but de me délivrer ? Quel est l'objectif de ta quête, enfant-lion ? Ne dois-tu pas préserver la glorieuse Égypte de la colère de Rê ? Est-ce que la venue d'un immense cataclysme n'est pas un danger suffisant pour toi ? Le péril existe, Leonis ! Chaque fois que ton cœur bat, la fin des fins se rapproche un peu plus !

La sorcière d'Horus revint vers ses compagnons. Ceux-ci la considéraient avec stupeur. Il était rare que Sia s'enflammât de la sorte. Elle se rassit et plongea son regard dans celui du sauveur de l'Empire. Sur un ton calme, elle reprit :

— Le second coffre a été ouvert. Si Pharaon a désigné d'autres hommes pour partir à sa recherche, la survie de l'Empire pourrait être compromise. Il n'y a pas de temps à perdre, Leonis. Il te reste un peu plus de deux ans pour accomplir ta mission. Les limites que t'a imposées Bastet lorsqu'elle t'a transmis la faculté de te changer en fauve visaient surtout à t'empêcher d'en faire usage à des fins personnelles. Depuis, la déesse-chat se contente simplement de te rappeler ces règles. Elle ne peut sans doute pas intervenir davantage. Comme l'oiseau qui apprend à se servir de ses ailes, tu te dois de saisir le fonctionnement du don particulier qu'elle t'a légué. Tu es humble. Trop humble. Jusqu'à présent, tu n'as pas abusé de ta faculté. Mais, au risque de t'offenser, je dois te dire que tu n'as pas su faire honneur à cet inestimable présent. Le danger est là, Leonis. Il est là depuis le commencement de ta quête. Puisque le salut du peuple est le but de ta mission, tu dois user de tous les moyens dont tu disposes pour enrayer la menace qui plane sur l'Empire. Tu n'as aucune raison d'hésiter à te servir de ton pouvoir. Il est temps de te transformer en lion. Tu dois rallier Memphis avant nous.

— Je le voudrais bien, dit le sauveur de l'Empire sans trop de conviction, mais si Bastet refusait ma transformation, nous ne serions pas plus avancés. Je risquerais de perdre mon pouvoir et…

Sia eut un petit geste d'agacement. Avec une pointe de sévérité dans la voix, elle affirma :

— J'ai trois cent cinquante ans, Leonis. Ta vie n'en compte pas tout à fait quinze. Ma sagesse est un grand sycomore. La tienne, en comparaison, n'est qu'un minuscule brin d'herbe. Tes amis et toi m'avez libérée de l'oasis. Puis-je éclairer votre chemin, maintenant ? Puis-je, à mon tour, tenter de libérer le sauveur de l'Empire des vaines inquiétudes qu'il traîne comme un fardeau ? Tu n'es pas encore un homme, Leonis. Pourtant, tu as été investi d'une mission qui requiert la bravoure de mille soldats aguerris. Je comprends tes hésitations. Je sais à quel point tu as peur de condamner le peuple d'Égypte en prenant de mauvaises décisions. Laisse-moi porter un peu de ta charge sur mes épaules, mon petit. Écoute mes paroles. Accepte mes conseils. Je te guiderai.

L'enfant-lion avait baissé la tête. Ses yeux clairs étaient fixés sur ses mains nerveuses. Un faible sourire éclairait son visage hâlé. Il renifla et leva sur la sorcière un regard résolu.

— Tu as raison, Sia, fit-il en se frappant la cuisse. Je reconnais que ma sagesse ne peut être comparée à la tienne. Nous t'avons délivrée pour que tu nous protèges de Merab, mais nous avons trouvé en toi beaucoup plus qu'une protectrice. Ton savoir est inégalé. Tu fais jaillir l'eau au milieu du désert. Nous ne pouvions souhaiter meilleure alliée dans la poursuite de notre quête. Il faut que tu me pardonnes… Je te ferai pleinement confiance, dorénavant. Tes paroles m'ont convaincu : je vais tenter de me métamorphoser… Et je réussirai. Lorsque je prendrai l'apparence du fauve, l'un de vous devra suspendre une outre à mon cou. Durant mon voyage, je reprendrai ma forme humaine pour m'abreuver. Ma robe doit également être attachée à la corde qui retiendra l'outre. Cette fois, je n'ai pas envie de me présenter nu au portail de la cité !

— Que mangeras-tu ? s'inquiéta Montu.

— Curieusement, lorsque je prends la forme du lion blanc, je ne ressens pas la faim. Par contre, je dois boire… J'aimerais que tu gardes ton ânesse à l'écart, Montu. En voyant le lion, elle pourrait essayer de s'échapper.

— Sois sans crainte, Leonis, répliqua le garçon en pointant l'étang du doigt. Biscuit est toujours là-bas. Regarde-la ! Il vaudrait mieux refaire nos réserves d'eau avant qu'elle boive tout !

Peu de temps après, Montu et Menna prirent la direction de la source afin de remplir les outres. Leonis et Sia demeurèrent assis sur la dune. L'enfant-lion posa sa main sur celle de la sorcière. Il l'interrogea :

— M'aurais-tu jeté un sort, Sia ?

— Non, Leonis. Pourquoi me poses-tu cette question ?

— C'est que, tout à coup, je me sens plus courageux.

— Tu as toujours été très courageux, mon enfant. Si, en ce moment, tu as l'impression d'être plus brave, c'est parce que tu prends enfin conscience de l'aide que je peux t'apporter.

Leonis acquiesça en silence. Il s'étira et dit:

— J'imagine que nous n'avons vu qu'une parcelle de ta force, Sia… À propos, si je te demandais de m'indiquer l'endroit où se trouve Tati, pourrais-tu le faire?

— Je crains que non, Leonis. Pour retrouver Tati, j'aurais besoin d'un objet lui ayant appartenu. Un seul de ses cheveux ferait l'affaire. Mais je sais que tu n'as rien de tel en ta possession.

— Dans ce cas, comment Merab s'y est-il pris pour mettre les adorateurs d'Apophis sur la piste de ma sœur?

— Je ne t'ai jamais caché l'évidence, enfant-lion: Merab est beaucoup plus fort que moi. Avant de quitter l'oasis, je vous ai dotés, Montu, Menna et toi, d'un voile magique. Grâce à ce voile, Merab n'a aucun moyen de savoir où vous êtes. Le sorcier peut faire voyager son esprit à sa guise. C'est probablement ainsi qu'il a pu retrouver Tati. Si je n'avais rien fait pour vous protéger, il nous aurait déjà repérés. Heureusement, en ce qui a trait à ses envoûtements, c'est différent. Tout comme moi, pour agir, il doit posséder au moins une rognure d'ongle de la personne visée. J'en sais quelque chose! Avant de me lancer le sort qui m'a confinée dans l'oasis, Merab m'avait tant malmenée que je n'arrivais plus à bouger. Il en a profité pour m'arracher une mèche de cheveux. Il en avait donc besoin. Tandis qu'il procédait à mon envoûtement, je l'ai regardé sans pouvoir me défendre… J'ai déjà vécu de meilleurs moments…

Le sauveur de l'Empire sursauta légèrement.

— Je viens de me rappeler quelque chose, Sia! Cette nuit, Bastet m'a aussi annoncé que Rê avait condamné Seth! Lorsque le tueur de la lumière m'a tendu un piège dans le but de m'attirer dans son territoire, la déesse-chat a tout vu! Le dieu-soleil a jugé que Seth avait mal agi. Il devra passer les cent prochaines années dans les Dunes sanglantes!

— C'est une grande nouvelle, Leonis! s'exclama Sia. Merab sera dorénavant privé de la protection de son maître! Plus que jamais, il est temps d'agir contre lui!

La femme s'accorda un long moment de réflexion avant de faire remarquer:

— Tu vois, mon garçon, je ne fouille pas trop profondément dans tes pensées. Si je l'avais fait, j'aurais été au courant de la punition de Seth. Même si ta mémoire était embrouillée, je l'aurais su.

Menna et Montu vinrent les retrouver. Ils furent heureux d'apprendre la condamnation du dieu du chaos. Parmi les maigres possessions des voyageurs, Menna trouva une longue corde de papyrus. Il demanda à Leonis :

— Crois-tu que cette corde sera assez longue pour entourer le cou d'un lion ?

— Elle fera l'affaire, mon ami, répondit le sauveur de l'Empire.

Leonis se leva pour enlacer ses compagnons. Lorsque ce fut fait, il s'éloigna un peu et défit le nœud qui raccourcissait la chaîne du talisman des pharaons. Il retira ensuite sa robe pour la lancer au soldat. Sia s'affairait à nouer l'outre à la corde. L'enfant-lion renfila le talisman. Le pendentif d'or oscillait maintenant à la hauteur de son ventre. Leonis s'empara de l'outre et s'octroya une bonne gorgée d'eau. D'une voix anxieuse, il jeta :

— J'ai le sentiment que ça va fonctionner, mes amis. N'ayez pas peur. Mes transformations sont sûrement très saisissantes, mais sachez que lorsqu'elles se produisent, je ne ressens aucune douleur. Je dois y aller, à présent...

Le garçon s'agenouilla. Il déposa l'outre à deux coudées de lui. Il leva les bras au ciel et prononça le nom de Bastet à trois reprises. Les témoins eurent alors l'impression que leur vue s'embrouillait. La silhouette de Leonis changea spontanément. Le temps d'un souffle, son corps devint une masse grouillante, informe et velue. L'instant d'après, le lion blanc se dressait au sommet de la dune. Le fauve ne rugit pas. Menna s'approcha de lui. Visiblement nerveux, le combattant éprouva un peu de difficulté à attacher l'outre au cou vigoureux de la bête. Sia lui vint en aide. La robe de Leonis fut ensuite nouée à la corde. Menna, Montu et la sorcière d'Horus caressèrent tour à tour la splendide crinière du lion blanc. L'animal émit un bref grognement. L'enfant-lion observa un moment ses trois compagnons. Comme des émeraudes polies sur un tissu de lin, ses yeux verts contrastaient avec son pelage immaculé. Avec puissance et grâce, le lion dévala la dune pour foncer vers l'est. Menna demanda d'une voix éteinte :

— D'après vous, dans combien de temps atteindra-t-il Memphis ?

Sia répondit sur le même ton :

— S'il voyage jour et nuit, il y sera peut-être après-demain. En ce qui nous concerne, quatre ou cinq jours devraient suffire.

Montu n'ajouta rien. Il suivait la forme blanche qui progressait sur la toile sinueuse du désert. Leonis disparut soudainement entre deux dunes. On eût dit que cet incommensurable paysage de mort venait de l'engloutir.

7

LA VÉRITÉ AU FOND
DES YEUX

Le grand prêtre Ankhhaef pénétra en trombe dans le modeste poste de garde du palais royal de Memphis. Surpris par cette subite intrusion, le commandant Inyotef faillit tomber de son tabouret de bois. L'homme de culte s'approcha du militaire. Sur un ton péremptoire, il lança :

— Où est-elle ?

Le corpulent commandant se leva avec peine. Sa figure joufflue et couverte de sueur exprimait l'incompréhension. Il se mordit la lèvre inférieure avant de balbutier :

— De… de quoi s'agit-il ? Qui… qui êtes-vous ?

— Je suis le grand prêtre Ankhhaef. Il y a deux jours, des soldats vous ont confié une petite fille. Qu'avez-vous fait d'elle ?

Inyotef redressa les épaules. Ses traits enfantins se durcirent. Il répondit d'une voix tranchante :

— Je vous attendais, grand prêtre. À propos de la fillette, j'ai fait ce que j'ai pu. On m'a fait venir de Gizeh pour que je remplace au pied levé le chef de la garde royale. Avant de partir, le commandant Neferothep m'a donné quelques directives au sujet d'un certain Leonis. Ce garçon est attendu au palais. Les gardes pourront l'identifier, semble-t-il. J'ai reçu l'ordre de le laisser pénétrer dans l'enceinte et de vous tenir au courant de son arrivée.

— D'accord, fit Ankhhaef avec impatience, mais qu'avez-vous fait de la fillette ?

— Laissez-moi d'abord vous expliquer. Je ne veux pas qu'on m'accuse d'avoir commis une erreur. Dans les circonstances, j'estime avoir agi convenablement. On m'a confié ce poste sans m'informer de rien. Je dirige des soldats qui refusent de me renseigner sur certaines choses…

Le prêtre masqua son exaspération sous un sourire amène. Il passa une main sur son crâne rasé et, calmement cette fois, il demanda :

— Allez-y, commandant, expliquez-vous. Je comprends votre situation.

— Très bien, grand prêtre... Avant-hier, deux soldats se sont présentés ici. L'un d'eux transportait une fillette endormie. Ils m'ont affirmé que cette gamine avait prétendu être la sœur de ce garçon qui se nomme Leonis. Elle était mal en point. Elle était inconsciente et je n'ai pas pu la réveiller. J'ai interrogé les gardes en poste ce matin-là. Ces gaillards n'avaient jamais entendu parler du fait que Leonis avait une sœur. Pouvais-je faire entrer cette pauvresse dans l'enceinte sans savoir si elle avait dit la vérité? Malgré tout, puisqu'il semble que Leonis soit un personnage important, il était hors de question que je la rejette à la rue. J'ai fait transporter cette petite dans les quartiers des soldats. J'ai confié sa surveillance à deux hommes. Ensuite, j'ai envoyé un messager au temple pour vous avertir. Puisque vous connaissez Leonis, vous êtes mieux placé que moi pour savoir qui est cette gamine. Mais vous étiez absent et...

— Est-elle toujours dans les quartiers des soldats? s'alarma Ankhhaef.

— Bien sûr, grand prêtre. Elle s'est réveillée quelques heures après son arrivée. Elle mange, elle boit, et nous lui avons fourni les choses nécessaires à sa toilette. Elle refuse cependant de répondre à nos questions. Elle affirme qu'elle se nomme Tati et qu'elle est la sœur de Leonis. C'est tout. Je vous attendais avant de prendre une décision. J'avais bien hâte de vous voir! J'espère que vous pourrez confirmer son identité. Car si j'ai utilisé des combattants de la garde royale pour surveiller une simple petite vagabonde, j'aurai à répondre de ces actes devant Neferothep.

— Soyez tranquille, commandant Inyotef, vous avez très bien agi. Leonis a bel et bien une sœur qui se nomme Tati. De toute manière, même si cette fillette n'était en vérité qu'une pauvre mendiante, il ne fallait pas prendre le risque de la laisser partir. Conduisez-moi à elle. Je dois vite l'interroger.

Rasséréné par les propos de l'homme de culte, Inyotef l'invita à le suivre. Ils quittèrent le poste de garde. Les quartiers des soldats étaient situés au nord de l'enceinte du palais. Une vingtaine d'habitations de briques crues s'y alignaient en deux rangées. Aucune décoration n'égayait leur façade pâle et sans fenêtre. Le commandant conduisit Ankhhaef vers l'une de ces austères constructions. Ils pénétrèrent à l'intérieur et furent accueillis par un soldat qui, d'entrée de jeu, indiqua un coin de la pièce en murmurant:

— Elle dort, commandant Inyotef. Elle n'a toujours pas parlé.

Ankhhaef s'avança vers Tati. La sœur de Leonis était étendue sur une natte de jonc. Sa tête reposait sur un coussin. Le grand prêtre se retourna vers les militaires pour ordonner à voix basse :

— Laissez-moi seul avec elle, messieurs.

Inyotef hocha la tête. Le supérieur et le soldat quittèrent la demeure.

L'homme de culte examina longuement la fillette. Elle était très jolie. Toutefois, il était difficile de voir une quelconque parenté entre ses traits et ceux du sauveur de l'Empire. Ankhhaef savait que Tati avait longtemps besogné comme esclave et que, récemment, elle était tombée aux mains des adorateurs d'Apophis. L'enfant qu'il avait devant lui était à mille lieues de ressembler à une ancienne esclave. Ses ongles étaient un peu sales, mais elle faisait davantage songer à la fille d'un fonctionnaire qu'à une misérable gamine sortie depuis peu d'un atelier de tissage. Si cette fillette était la sœur de Leonis, tout indiquait que les ennemis de l'Empire l'avaient traitée avec le plus grand soin. De l'avis d'Ankhhaef, il s'agissait d'une chose impossible. Cette petite n'était probablement pas Tati. C'était sans doute un piège. Car, après tant d'années de séparation, Leonis lui-même n'eût pu reconnaître sa sœur sans risquer de se tromper. De toute évidence, les adorateurs du grand serpent tentaient de profiter de cette situation.

Baka avait assurément interrogé la véritable Tati dans le but de tout connaître de l'époque où elle vivait encore avec son grand frère. Par la suite, le récit de ces souvenirs avait dû être inculqué à cette enfant qui dormait paisiblement sous les yeux de l'homme de culte. Cette gamine ne semblait pas du tout menaçante, mais il eût suffi de l'introduire dans la demeure de l'enfant-lion pour que, profitant de son sommeil, elle assassinât le maître des lieux d'un seul coup de poignard. Quand Tati ouvrit les paupières, Ankhhaef se disait que Baka était vraiment ignoble d'utiliser des enfants dans le dessein de servir ses néfastes projets. Le visage tendu du prêtre exprimait une vive colère. En l'apercevant, la sœur de Leonis émit un gémissement craintif. Ankhhaef posa sur elle un regard froid, et demanda sans attendre :

— Qui es-tu ?

Tati s'assit et se plaqua contre la cloison. Elle observa fixement l'impressionnant personnage qui se dressait devant elle. Ankhhaef était grand. Il portait une tunique sombre. Son crâne rasé lui conférait un air sévère qui intimidait la fillette. Elle fut incapable de prononcer un mot. Le grand prêtre répéta :

— Qui es-tu?

— Je... je suis Tati... parvint à bredouiller la petite. Je suis la sœur de... de Leonis.

— Où es-tu née?

— Je... je suis née à Thèbes.

— Quand?

— Je... je... ne sais plus.

— Quel est le nom de ton père?

— Khay, monsieur.

— Quel est son métier?

— Il écrivait... Il était scribe...

— Pourquoi dis-tu qu'il était scribe? Il ne l'est plus?

— Mon... mon père est mort, soupira Tati. Lui et ma mère se sont noyés dans le Nil quand j'étais toute petite.

Ankhhaef laissa son interrogatoire en suspens. Jusqu'à présent, les réponses de la fillette étaient justes. Elle ne pouvait dire quand elle était née, mais, au milieu des tourments qui avaient marqué sa jeune vie d'esclave, il était fort possible que la vraie Tati eût oublié le jour de sa naissance. Toujours convaincu qu'il avait devant lui une habile menteuse, le grand prêtre tenta de la piéger en avançant:

— Tu as raison, petite fille, Leonis m'a dit que ton père Khay et ta mère Nefret s'étaient noyés dans le grand fleuve...

— Ma maman s'appelait Henet! corrigea Tati avec force. Vous avez mal entendu quand Leonis vous a dit son nom! Mon grand frère ne peut pas avoir oublié le nom de notre mère! Moi, je ne l'ai pas oublié!

— Calme-toi, Tati, fit l'homme avec un geste d'apaisement. Je me suis simplement trompé…

Ankhhaef fit quelques pas sur le sol de terre durcie de la petite habitation. Si cette fillette mentait, elle était vraiment très adroite. Il eût fallu que Leonis fût présent pour en avoir le cœur net. Mais l'enfant-lion avait disparu. En plus de deux mois, il n'avait fait parvenir qu'un seul message au palais. Ces quelques mots annonçaient qu'il était toujours vivant, qu'il allait revenir et qu'il ne fallait surtout pas ouvrir le second coffre. Cette missive avait été apportée par un faucon. Ce jour-là, une joie immense avait rempli le cœur d'Ankhhaef. Puisque le coffre découvert dans le tombeau de Dedephor était toujours fermé, Pharaon avait pris la sage décision d'attendre un mois de plus avant de révéler les trois joyaux qu'il contenait. Mais le vizir s'en était mêlé. Pharaon avait suivi ses conseils et avait malheureusement changé d'avis. Ankhhaef avait supplié le roi de ne pas revenir sur sa décision. Mykérinos avait cependant décrété que, avec ou sans l'enfant-lion, le temps était venu de poursuivre la quête.

Un parchemin trouvé dans le coffre indiquait que les prochains joyaux avaient été dissimulés dans l'annexe d'un temple érigé sur un îlot du lac Mérioïr[4]. Quatre jours plus tôt, une expédition menée par le commandant Neferothep s'était mise en route pour gagner ce temple dédié au dieu Sobek. Bien sûr, Ankhhaef espérait de toutes ses forces que Neferothep et ses combattants reviendraient triomphants de cette mission. Mais le grand prêtre avait le terrible pressentiment qu'un événement horrible se préparait. Selon lui, la tâche divine qui incombait à l'enfant-lion ne pouvait être confiée à quelqu'un d'autre. Leonis était l'élu désigné par Rê. En renonçant à lui, Mykérinos ne risquait-il pas d'attiser la colère du dieu-soleil?

Ankhhaef s'immobilisa un moment sur le seuil du modeste logis. Il huma l'air sec du dehors en songeant au sauveur de l'Empire. Reviendrait-il bientôt? Après avoir fait parvenir son message au palais, avait-il survécu? Était-il arrivé à libérer la sorcière qui devait le protéger de l'envoûteur Merab? Et maintenant, que

---

4. L'EXPRESSION «MÉRIOÏR» OU «MÉRI-OÏR» («LE GRAND LAC») EST PEUT-ÊTRE LE PROTOTYPE DU NOM TRANSCRIT «MOERIS» PAR LES GRECS. CERTAINS ÉGYPTOLOGUES SUPPOSENT QUE LE MÉRIOÏR ANCIEN DÉSIGNAIT L'ACTUEL LAC KAROUN.

devait-il faire de cette fillette qui prétendait être sa sœur? Comment prouver hors de tout doute qu'elle était Tati? L'homme de culte jugea que, somme toute, il valait mieux que Leonis eût été absent lorsque les soldats s'étaient présentés devant l'enceinte avec sa supposée petite sœur. Car l'enfant-lion se serait sans doute empressé d'accueillir cette gamine dans sa demeure. Il eût assurément refusé de la soumettre à un interrogatoire serré. Le piège des adorateurs d'Apophis, s'il s'agissait bien d'un piège, eût alors fonctionné à merveille.

Ankhhaef revint vers Tati. Elle était toujours assise, le dos appuyé contre le mur. Sa jolie figure exprimait tout à la fois la crainte, la candeur et l'espoir. Le grand prêtre ne se laissa guère attendrir. Il ne le fallait pas. La fillette l'interrogea:

— Où est mon frère, monsieur? Pourquoi vous me posez toutes ces questions?

— Sais-tu que des gens veulent du mal à ton frère, Tati?

La sœur du sauveur de l'Empire fit oui de la tête. Le grand prêtre lui expliqua:

— En ce moment, je cherche à savoir si tu es vraiment la petite sœur de Leonis. Avant d'aller plus loin, je dois m'en assurer. Qui sait? Tu es peut-être envoyée par les adorateurs d'Apophis…

Tati fronça les sourcils. La belle Khnoumit lui avait raconté que Leonis avait des ennemis, mais elle s'était gardée de les nommer. La fillette entendait donc pour la première fois ce nom désignant les hordes de Baka. En constatant son incompréhension, Ankhhaef demanda :

— Ne connais-tu pas les adorateurs d'Apophis ?

— Non, monsieur… Il faut aller chercher Leonis. Il vous dira que je suis vraiment sa petite sœur.

Tati était au bord des larmes. L'homme ignora sa supplication et changea de sujet :

— Leonis m'a dit que tu avais été vendue comme esclave. Tu ne ressembles pas à une esclave…

— Je… j'ai été une esclave… Je tissais le lin dans l'atelier du maître Bytaou.

— Qui t'a libérée de cet atelier ?

— Ce sont ces hommes qui veulent du mal à mon frère, monsieur.

— Tu as une robe de qualité, tes cheveux sont bien coupés… Ces gens t'ont bien traitée, à ce que je vois…

— Oui, répondit timidement Tati.

— C'est étrange… Puisque ces vilaines personnes cherchent à causer du tort à Leonis, elles auraient normalement dû te faire souffrir, non ?

Tati fut incapable d'expliquer cette contradiction. Elle devait son apparence à Khnoumit, mais elle avait promis de ne rien dire au sujet de la belle dame. Ankhhaef enchaîna :

— Que s'est-il passé après ton départ de l'atelier de Thèbes ?

— J'ai fait un long voyage en barque et on m'a emmenée dans une maison.

— Où se trouve cette maison ?

— Je... je ne sais pas.

— Tu t'es sauvée toute seule de cette demeure ?...

— Je... Des gens m'ont aidée, monsieur. Il y avait des personnes gentilles dans cette maison... Elles m'aimaient et elles voulaient que je mange bien, que je sois propre et que je sois jolie. Elles ne voulaient pas que je meure, monsieur... Elles m'ont demandé de ne pas parler d'elles... On m'a conduite dans la grande ville. On m'a dit que Leonis habitait le palais de Pharaon... Je me suis perdue et... Je vous en prie, monsieur... il faut me croire...

La petite s'interrompit. Elle renifla et donna un faible coup de poing sur sa natte. Elle leva ensuite vers Ankhhaef un regard brouillé de larmes. Ses traits exprimaient toutefois une profonde détermination. D'une voix stridente, elle affirma :

— Je suis Tati, monsieur ! Je suis la sœur de Leonis ! Regardez mes cheveux ! Ils sont encore très courts ! Quand j'ai quitté l'atelier du maître Bytaou, un coiffeur de Thèbes les a rasés parce que j'avais des poux ! Regardez mes mains ! Elles sont plus douces qu'avant, mais mes doigts ressemblent à ceux des oiseaux, tellement ils ont travaillé ! Apportez-moi ce qu'il faut pour tisser le lin, monsieur ! Je vous prouverai que j'étais une esclave !

Tati pleurait. Mais les violents sanglots qui la secouaient étaient davantage provoqués par la rage que par le chagrin. Elle fixait l'homme avec intensité. À cet instant, tous les doutes d'Ankhhaef se dissipèrent. Les yeux de Tati étaient sombres comme une écorce brûlée. Ceux de Leonis avaient la couleur des berges du Nil. Malgré cela, dans les iris de cette petite, le grand prêtre reconnaissait l'incomparable flamme de volonté qui animait le regard du sauveur de l'Empire. D'une voix émue, il déclara :

— Je te crois, petite Tati. Pardonne-moi. Viens ! Ce soir, tu dormiras dans la demeure de ton frère !

8

UN FOUDROYANT
BONHEUR

Dans le courant de l'après-midi, deux jours après avoir quitté ses amis, Leonis avait enfin atteint la cité de Memphis. Pendant le trajet, il avait dû se métamorphoser à plusieurs reprises afin d'étancher sa soif. La déesse Bastet avait répondu à chacun de ses appels. La veille, quelques heures avant le coucher du soleil, l'enfant-lion avait aperçu deux formes pâles et aiguës dans le lointain : les grandioses pyramides de Khéops et de Khéphren émergeaient tels des crocs de la ligne d'horizon. La vue de ces incomparables monuments d'éternité avait décuplé l'ardeur du sauveur de l'Empire. Les ténèbres étaient venues occulter les tombeaux des rois, mais, malgré la distance qui le séparait encore de la vallée du Nil, Leonis, évoluant sous la forme du lion blanc, avait rapidement pu distinguer les effluves entremêlés de la vie. Son puissant odorat lui signalait, un peu plus à chaque pas, que le désert perdait du terrain. À l'aube, les pyramides n'étaient plus très éloignées. L'enfant-lion pouvait même apercevoir le chantier où l'on érigeait celle de Mykérinos. Peu de temps après, au cœur du majestueux tableau que représentait l'immense sanctuaire de Gizeh, la silhouette trapue du grand sphinx s'était découpée. Obliquant vers le sud, Leonis avait couru encore une heure dans la peau du félin. Il avait repris sa forme humaine entre Gizeh et Memphis. Le soleil était haut dans le ciel lorsqu'il avait atteint la capitale.

À cette période de l'année, le sol de la vallée était sec et craquelé. Les grands sycomores, les tamaris et les jujubiers piquetaient de taches ternes ce monde assoiffé. On avait l'impression que la végétation, privée d'eau et accablée par des semaines de soleil implacable, avait renoncé à survivre. Le Nil semblait malade. Ses flots brunâtres étaient bas et sans vigueur. Une fois l'an, le peuple d'Égypte ne pouvait que constater sa propre faiblesse. Les mortels réalisaient avec humilité que les fondations de leur puissant royaume reposaient, d'abord et avant tout, sur l'apport généreux de la crue annuelle.

Le sauveur de l'Empire avait attendu avant de pénétrer dans la cité. Il avait gagné les abords du grand fleuve et s'était assis sur une digue tellement éloignée de l'eau qu'elle semblait inutile. En dépit de la désolation provoquée par la sécheresse, rien n'eût pu l'émerveiller autant que le paysage qui s'offrait à son regard. Les aventures qui l'avaient mené jusqu'à la sorcière d'Horus avaient été des plus périlleuses. La certitude de ne jamais revoir le Nil était maintes fois venue habiter son esprit. Mais il avait réussi. Au bout de cet éprouvant périple, Sia se retrouvait libre. Ses compagnons Montu et Menna étaient sains et saufs. Le grand fleuve s'étalait maintenant devant les yeux ébahis de l'enfant-lion. Assis sur le rebord de la digue, il avait poussé un puissant hurlement de triomphe. Ensuite, il avait laissé libre cours aux sanglots et aux éclats de rire que faisait surgir cet intense moment d'allégresse. Lorsqu'il s'était finalement levé pour marcher vers la ville, le cœur de Leonis était léger comme la plume de Maât.

Après avoir franchi le portail nord sans encombre, l'enfant-lion avait vite remarqué que de nombreux soldats patrouillaient dans la cité. En empruntant la rue qui conduisait au palais, il était tombé sur un barrage établi par des membres de la garde royale. Ces hommes avaient tout de suite reconnu le sauveur de l'Empire. En l'apercevant, une grande fébrilité s'était emparée d'eux. Les soldats avaient accueilli l'adolescent avec une joie évidente. Toutefois, ils avaient évité de répondre à ses questions. Quatre gaillards avaient escorté Leonis jusqu'au poste de garde du palais. On lui avait demandé d'attendre l'arrivée du commandant avant de pénétrer dans l'enceinte.

L'enfant-lion faisait maintenant les cent pas dans la petite construction malodorante et surchauffée où devait le rejoindre le chef de la garde royale. Il avait très hâte de rentrer chez lui bien que, après une si longue absence, il n'eût pu affirmer s'il avait encore un domicile dans l'enceinte de la grande demeure de Mykérinos. Pourrait-il toujours habiter la belle maison que Pharaon avait mise à sa disposition? Lorsque le grassouillet commandant Inyotef pénétra enfin dans le poste de garde, Leonis le reçut avec une certaine impatience:

— Pouvez-vous me dire, mon brave, si le commandant Neferothep viendra bientôt?

— Neferothep est parti en mission. On m'a demandé d'assumer le commandement durant son absence. Je me nomme Inyotef…

L'homme s'interrompit. Il examina l'enfant-lion avec curiosité avant de souffler:

— C'est donc vous, Leonis…

— En effet, commandant. Veuillez me pardonner. J'ignorais que Neferothep était absent… Je reviens d'un très long voyage. Il est bien possible que ceux qui m'attendaient me croient mort, aujourd'hui.

— Ce serait étonnant, répliqua le militaire. Neferothep m'a donné la consigne de vous accueillir. Vous étiez donc toujours attendu… Je dois aussi prévenir le grand prêtre Ankhhaef de votre arrivée, mais puisqu'il se trouve actuellement dans l'enceinte, ce sera vite réglé…

— Ankhhaef est ici?

— Oui, Leonis. Il est arrivé hier. Il est venu pour voir votre petite sœur.

— Qu… quoi? fit l'adolescent en passant bien près de s'étouffer. Qu'avez-vous dit?

— Votre petite sœur Tati est ici. Il y a trois jours, des soldats l'ont transportée devant l'enceinte du palais. Ne me demandez surtout pas ce qui lui est arrivé. Je sais seulement qu'elle s'était égarée dans Memphis et que des patrouilleurs l'ont secourue. Elle va bien. Hier, le grand prêtre Ankhhaef est venu vérifier s'il s'agissait bien de votre… Quelque chose ne va pas, jeune homme?

Le sauveur de l'Empire vacillait sur ses jambes. Il fixait le commandant d'un regard dépourvu d'expression. Inyotef l'attrapa à l'instant précis où il allait s'effondrer. L'homme l'aida à s'asseoir sur un tabouret. On eût cru que Leonis venait de recevoir un puissant coup sur la tête. Dans sa stupeur, il murmura :

— Tati… Ma petite Tati… Il faut que ce soit vrai… Il… faut que ce soit vrai…

— Je… je vous dis la vérité, Leonis, glissa Inyotef, mal à l'aise.

L'enfant-lion leva lentement les yeux vers le commandant. Il l'observa d'un air hagard, comme s'il remarquait sa présence pour la première fois. D'une voix sans timbre, il demanda :

— Où est Tati ?

— Ankhhaef l'a conduite dans votre demeure.

L'adolescent se leva brusquement. Il chancela encore un peu sous l'effet du vertige.

— Du calme, lui recommanda Inyotef. Vous ressemblez à un homme ivre, mon jeune ami. Je ne pouvais prévoir que cette nouvelle vous causerait un si grand choc. On dirait que je viens de vous apprendre le retour d'un mort.

— C'est… c'est presque ça, commandant Inyotef, soupira Leonis en s'adossant contre la cloison.

— Il vaudrait mieux que je vous accompagne jusqu'à votre demeure.

— Ça ira, commandant, affirma l'enfant-lion. Si vous le permettez, je désirerais rentrer chez moi, maintenant…

— Vous pouvez y aller, mon jeune ami. Pour ma part, je dois me rendre au palais afin d'informer le grand prêtre Ankhhaef de votre retour.

Le sauveur de l'Empire salua le commandant et quitta le poste de garde. Il pénétra dans l'enceinte en franchissant une porte étroite encadrée par deux soldats armés de lances. Au mépris de la sécheresse qui sévissait, les jardins du palais royal n'avaient presque rien perdu de leur splendeur. Mais Leonis demeura indifférent au luxuriant décor qui l'entourait. D'un pas lent, il s'engagea dans l'allée centrale. Son visage était de pierre. Ses yeux étaient rivés sur un pan élevé de sa maison qui apparaissait à travers un rideau d'arbres. Ce qu'il vivait à cet instant était impossible. Il allait bientôt se réveiller pour cruellement constater qu'il ne s'agissait que d'un rêve. Sans même s'en rendre compte, il faillit marcher sur la main d'un jardinier qui sarclait le sol autour d'un arbrisseau. L'enfant-lion atteignit enfin sa demeure. En raison de la chaleur, et puisque les moustiques étaient rares en cette saison, le battant de joncs tressés qui, d'ordinaire, obstruait la porte d'entrée avait été retiré. Leonis passa une main tremblante dans ses cheveux avant de traverser silencieusement le chambranle.

L'une de ses domestiques se tenait dans le vaste hall. Étant donné que les deux servantes du sauveur de l'Empire étaient des jumelles, il ne put déterminer de suite laquelle des deux se trouvait là. La gracieuse jeune fille lui tournait le dos. Ses longs cheveux noirs et bouclés tombaient librement sur ses épaules nues. Debout devant une grande armoire, elle examinait une jolie robe au tissage compliqué. Sentant sans doute une présence derrière elle, elle se retourna lentement. En voyant Leonis, elle poussa un petit cri de surprise et la robe lui glissa des mains. L'enfant-lion avait reconnu Raya. Il tenta de prononcer un mot, mais l'émotion l'étranglait. La servante laissa échapper un gémissement. Une buée de larmes faisait briller ses yeux fardés de galène. À l'instar de son maître, Raya fut incapable de parler. Elle s'avança lentement vers lui. Il ouvrit les bras et elle vint se blottir contre sa poitrine. Un délicat parfum monta aux narines de l'enfant-lion. Cette suave odeur lui rappela qu'il devait lui-même sentir très mauvais. Il voulut repousser la jeune fille, mais celle-ci l'étreignit avec plus de force encore. Dans un chuchotement, elle dit :

— Ne me repousse pas, Leonis. Je dois te toucher pour croire que tu es bien là. Dis-moi que tu es là. Dis-le-moi…

— Je suis là, Raya, fit doucement le garçon en caressant la chevelure soyeuse de son amie.

— Nous avons eu très peur de ne plus jamais vous revoir, Montu, Menna et toi…

La domestique s'interrompit. Elle leva brusquement la tête et observa le sauveur de l'Empire d'un regard chargé d'appréhension. La galène avait tracé des traînées charbonneuses sur son beau visage. L'enfant-lion comprit aussitôt ses craintes. Il la rassura :

— Sois tranquille, Raya. Montu et Menna viendront me rejoindre dans quelques jours… Au poste de garde, on m'a annoncé que ma petite sœur avait été conduite ici. Est-ce bien vrai ?

La servante s'écarta de Leonis. Elle emprisonna cependant sa main dans la sienne. Raya afficha un large sourire et répondit à voix basse :

— C'est la vérité, mon ami. La petite Tati est ici. J'étais justement à la recherche d'une robe qui pourrait lui aller.

Le cœur de l'adolescent s'emballa. Il serra la main de la jeune fille avec force.

— Où est-elle ? demanda-t-il dans un souffle.

— Elle est dans le quartier des femmes. Ma sœur Mérit lui montre à jouer au senet[5].

Leonis voulut s'élancer, mais Raya le retint.

— Il vaut mieux attendre encore un peu, Leonis. J'ai quelques petites choses à te dire avant.

Le sauveur de l'Empire hocha la tête en silence. La domestique poursuivit :

— Tati ne sait pas encore que tu es l'enfant-lion. Aussi étrange que cela puisse paraître, les adorateurs d'Apophis ne lui ont donné aucun détail à ton sujet. Elle sait seulement que des gens te veulent du mal, mais elle n'a pas pu nous dire qui le lui a appris. Visiblement, durant son séjour chez les ennemis de la lumière, Tati a été traitée comme une princesse. En l'interrogeant, Ankhhaef lui a confirmé que tu avais des ennemis. De notre côté, nous avons feint l'ignorance en lui assurant que personne ne pouvait vouloir de mal à un gentil garçon comme toi. Elle a semblé sceptique, mais elle ne nous a pas contredites. Nous lui avons dit que, comme ton défunt père, tu étais devenu scribe… Nous préférions ne pas l'inquiéter, tu comprends ? Mérit et moi ne savions plus

---

5. Senet : jeu de table ressemblant aux dames, très répandu dans l'Égypte ancienne.

si tu étais encore en vie. Hier, lorsque le grand prêtre Ankhhaef nous a amené ta petite sœur, nous avons dû inventer une histoire pour lui expliquer ton absence. Pendant que nous lui faisions visiter la maison, elle s'est mise à pleurer. Elle s'est blottie dans un coin. Elle semblait très fâchée et elle refusait de nous donner les raisons de sa subite colère. Elle a fini par nous dire que, puisque tu étais si riche, elle ne comprenait pas pourquoi tu n'avais rien fait pour la libérer de l'esclavage…

— Pauvre petite, gémit Leonis. Comment pourrait-elle comprendre?

— Nous avons fini par la convaincre, non sans difficulté d'ailleurs, qu'il n'y avait pas trois saisons[6] d'écoulées depuis ta libération. Mérit et moi lui avons affirmé que tu avais tout tenté pour la retrouver, mais que d'autres personnes avaient réussi à le faire avant toi… Nous lui avons dit que, lorsque tu reviendrais, tu pourrais tout lui expliquer. Je me demande ce que nous aurions pu imaginer si ton absence s'était prolongée. Mais, heureusement, te voici, Leonis. Le destin a fait en sorte que tu sois de retour une journée seulement après que ta sœur a franchi ta porte. Tu dois maintenant trouver de solides prétextes pour

---

6. L'année égyptienne ne comportait que trois saisons.

expliquer à Tati comment tu es passé d'esclave à seigneur en aussi peu de temps. Ta sœur est une petite fille intelligente. Elle est cependant très fragile. Elle a onze ans, mais elle s'exprime et se comporte comme une fillette beaucoup plus jeune… Tu dois éviter de lui parler de ta mission. J'ai l'intuition qu'elle ne pourrait pas tolérer d'apprendre que tu risques ta vie pour sauver le royaume.

— C'est très bien, ma douce Raya, approuva Leonis. Je ferai en sorte de ne pas l'inquiéter. Je veillerai à ce qu'elle ne s'interroge pas trop à mon sujet. Pour le moment, je n'ai pas le cœur à inventer des histoires. Je lui dirai simplement que je suis scribe comme notre père Khay. Maintenant, je dois aller la rencontrer.

La jeune fille fit non de la tête. L'enfant-lion l'interrogea d'un regard anxieux. Elle déclara :

— Tu ne ressembles pas à un scribe, Leonis. J'ai mis ma joue sur ton cœur… Je dois dire que tu pues autant qu'un berger qui dort parmi ses chèvres. Tu es énervé et épuisé. Tu as aussi une figure à faire peur. Un bain et quelques soins te feraient le plus grand bien, mon ami. Tu t'apprêtes à vivre l'un des plus beaux moments de ta vie. Mérit et moi veillerons à ce que cet instant soit parfait. Laisse-nous un peu de temps. Nous devons également préparer ta petite sœur à votre rencontre...

L'enfant-lion objecta :

— Tu veux rire, Raya ! Je suis séparé de ma sœur depuis presque six ans. Comment pourrais-je attendre encore pour la serrer dans mes bras ?

— Je comprends ton empressement, Leonis. Mais, puisque tu attends ce moment depuis six ans, tu pourras bien patienter encore une heure ou deux. En outre, le grand prêtre Ankhhaef est au palais. Il s'est passé bien des choses ces derniers temps. J'imagine qu'il voudra te rencontrer dès qu'il sera mis au courant de ta présence ici. Cela ne devrait plus tarder... Tati ne doit pas entendre votre conversation. Elle ne doit pas savoir ce que tu représentes pour l'empire d'Égypte. Ta petite sœur a beaucoup souffert. Il ne faut pas semer d'autres tourments dans son cœur. Il est temps qu'elle soit heureuse. Tout à fait heureuse...

Leonis pleurait. D'un hochement de tête, il signala à Raya qu'il acquiesçait à ses recommandations. Il posa ses mains sur les épaules dénudées de la jeune fille. Elle se plaqua de nouveau contre lui. Dans un chuchotement, elle dit :

— Bienvenue dans ta demeure, enfant-lion.

9
LES DOUTES
D'ANKHHAEF

Raya avait convoqué quelques domestiques de la cour de Pharaon. Un peu à regret, Leonis avait gagné la luxueuse salle de bain de sa maison afin de se livrer aux soins de ce groupe d'habiles serviteurs. Ses cheveux avaient été rapidement mais savamment coupés. Pendant que le coiffeur s'exécutait, trois hommes avaient veillé à remplir le bassin de pierre qui trônait dans la pièce. L'enfant-lion s'était glissé dans une eau tiède, laiteuse, huileuse et parfumée. Une vigoureuse servante avait lavé sa chevelure fraîchement coupée. Ensuite, elle avait énergiquement frotté sa nuque et son dos avec du sable et du natron. Leonis avait lui-même achevé la besogne. Après quoi, il s'était étendu et avait fermé les paupières pour se délecter de la caresse de l'eau.

Malgré la hâte qu'il éprouvait de revoir Tati, il était sur le point de s'assoupir lorsque Raya vint le retrouver. Seul le manucure demeurait encore dans la pièce. La jeune servante lui demanda de repasser le lendemain. En entendant sa voix, Leonis ouvrit les yeux. Elle s'approcha du bassin et lui tendit une coupe de vin. Comme il portait le récipient à ses lèvres, elle lui annonça :

— Le grand prêtre est arrivé, Leonis. Puis-je lui dire de venir te rejoindre ?

Le sauveur de l'Empire suspendit son geste pour répondre :

— Bien sûr, Raya. Ma longue absence aura sans doute rendu Ankhhaef furieux, mais il me tarde de lui expliquer ce qui s'est passé et de connaître les dernières nouvelles. Dis-lui qu'il peut venir.

La jeune fille fit un signe affirmatif du menton. Elle tourna les talons et fonça vers la porte. Peu de temps après, l'homme de culte entra dans la pièce. Il ne semblait pas irrité. Sa figure exprimait plutôt le soulagement. Il s'avança et s'immobilisa à quelques coudées du bassin de pierre pour observer l'adolescent. Dans un geste qui dénotait une certaine incompréhension, Ankhhaef bougea la tête de gauche à droite. Il inspira profondément avant de déclarer :

— Tu nous as fait craindre le pire, Leonis. De jour en jour, notre certitude de t'avoir perdu s'accentuait. Je n'ai jamais douté de toi, mais Pharaon, lui…

— Je suis désolé, grand prêtre, jeta l'enfant-lion en fixant l'homme dans les yeux, je ne pouvais pas prévoir la durée de ma mission.

— Et cette mission, mon garçon, l'as-tu au moins menée à terme?

— Oui, Ankhhaef. J'ai libéré la prisonnière des dunes. Elle s'appelle Sia. Montu et Menna l'accompagnent en ce moment. Ils seront ici dans quelques jours. Il était important que je la retrouve. Le sorcier Merab a rejoint les ennemis de l'Empire. Sans cette sorcière, j'ai la certitude que nous n'aurions pu éviter le grand cataclysme. J'ai fait ce que j'ai pu pour vous avertir que je n'étais pas mort. J'ai même fait parvenir deux messages au palais…

— Je suis au courant, Leonis. Nous avons reçu ton premier message. Il a été livré par un faucon qui s'est manifesté en présence de Senmout. Le scribe a constaté que l'oiseau était porteur d'une missive sur laquelle apparaissait ton nom. Il s'est empressé de la transmettre à Mykérinos.

Le sauveur de l'Empire eut un sursaut d'étonnement.

— Le scribe Senmout! s'exclama-t-il. Vraiment! Jusqu'à ce jour, ce personnage s'est toujours montré très désagréable avec mes compagnons et moi. Senmout me déteste. Il aurait bien pu faire disparaître ce message. Ce que vous m'apprenez me surprend, grand prêtre.

— C'est pourtant la vérité, Leonis. Senmout est sans doute un homme déplaisant, mais il s'est toujours dévoué pour le royaume. Grâce à lui, nous avons su que tu étais encore vivant… Par la suite, des sentinelles ont été postées aux quatre coins des jardins du palais. Ces hommes avaient reçu l'ordre de surveiller le ciel dans l'éventualité où le faucon se manifesterait de nouveau. C'est arrivé il y a trois jours. L'oiseau a livré ton dernier message. Je n'étais pas au palais à ce moment. Pharaon vient tout juste de m'en aviser…

— Le faucon de Sia a mené sa tâche à bien…, murmura Leonis.

L'enfant-lion déposa sa coupe et sortit de l'eau. Un pagne de lin soigneusement plié reposait sur un banc de bois qui jouxtait le bassin. Il s'empara du vêtement et s'en ceignit la taille. Le garçon reporta ensuite son attention sur l'homme. Il afficha un sourire triste pour lancer:

— Malheureusement, j'arrive trop tard... n'est-ce pas, Ankhhaef? Le second coffre a été ouvert et Pharaon a désigné d'autres hommes pour poursuivre la quête...

— Comment l'as-tu su? s'étonna le prêtre. L'ouverture du coffre a eu lieu en secret. Peu de gens savent qu'une expédition est partie à la recherche des trois prochains joyaux.

Le sauveur de l'Empire émit un rire grinçant. Il expliqua:

— J'étais encore en plein désert lorsque j'ai appris cette nouvelle, grand prêtre. Dois-je vous rappeler que je communique avec la déesse Bastet? C'est elle qui m'a annoncé que le coffre avait été ouvert. J'ignorais si Mykérinos avait bien agi en me remplaçant. Maintenant que j'apprends qu'il a reçu mes messages, je dois dire que je suis déçu. Si Pharaon ne tient pas compte de mes avertissements, c'est qu'il n'a plus vraiment confiance en moi. À quoi bon continuer, dans ce cas? Puisque le roi a décidé qu'il pouvait se passer de moi, je n'ai plus aucune raison de risquer ma vie pour l'Empire...

— Tu avais disparu, enfant-lion.

La figure de Leonis s'empourpra. Il serra les poings avec rage pour lancer:

— Je devais libérer Sia, grand prêtre! Le sorcier Merab est très puissant! Il est possible qu'il sache déjà que des hommes sont partis à la recherche du troisième coffre. Et, s'il le sait, vous pouvez dès maintenant préparer les tombeaux de ces braves! Ce que j'ai vécu pour rapporter le talisman des pharaons et les deux premiers coffres n'était rien en comparaison des épreuves que mes compagnons et moi avons traversées dans le territoire de Seth. J'aurais très bien pu mourir, là-bas. Avons-nous tant souffert pour rien? Vous connaissiez l'importance de ma mission. Vous m'avez entendu dire qu'elle m'avait été confiée par la déesse-chat. Vous m'avez cru, grand prêtre Ankhhaef. Du moins, c'est ce que je pensais.

— Ne doute pas de ma bonne foi! riposta l'homme de culte. J'ai tout mis en œuvre pour convaincre Mykérinos de t'attendre. Lorsque j'ai annoncé au roi, au vizir et à Neferothep que tu devais pénétrer dans le territoire de Seth dans le but de libérer une sorcière, Pharaon a jugé que j'étais fou. Il m'a renvoyé au temple de Rê en me disant que je n'étais plus digne de sa confiance… Par la suite, le souverain a vu une manifestation divine dans la venue du faucon. Il m'a alors convoqué au palais pour m'annoncer qu'il avait fait erreur. Il avait décidé d'attendre un mois avant d'ouvrir le coffre. Le vizir Hemiounou a protesté. Cet homme ne croit pas à la sorcellerie.

Selon lui, nous ne courions aucun danger en révélant les trois joyaux découverts dans le tombeau de Dedephor. Il était d'accord sur le fait qu'il fallait t'attendre avant de poursuivre la quête, mais il jugeait qu'il valait mieux connaître l'endroit où le troisième coffre avait été dissimulé. Ainsi, dans la perspective de ton retour, ton prochain voyage aurait déjà été organisé. Hemiounou a réussi à persuader Mykérinos. Le coffre a été ouvert...

— Mais ils ne m'ont pas attendu.

— En effet, Leonis. Je n'étais pas d'accord avec cette décision. Néanmoins, je me suis efforcé de la comprendre et de l'accepter. Le prochain coffre se trouve en terrain connu. Tout indique que l'expédition dirigée par le commandant Neferothep n'aura aucun mal à accomplir cette mission.

— À moins que le sorcier Merab ne s'en mêle, fit remarquer Leonis. Si le coffre est si facile à récupérer, les adorateurs d'Apophis tenteront peut-être de se l'approprier...

— Pour l'instant, tout se déroule bien, affirma l'homme de culte. Neferothep et ses soldats disposent d'une importante garde. Il serait étonnant que les ennemis de la lumière aient la possibilité de parvenir jusqu'à eux. Le papyrus que contenait le deuxième coffre stipulait que les trois joyaux représentant le lion, la vache et le héron avaient été cachés dans l'annexe d'un temple dédié à Sobek. Ce temple fut la première réalisation importante du grand architecte Imhotep[7]. Il est situé sur un îlot du lac Mérioïr. Ce n'est pas très loin d'ici. Chaque soir, un messager vient renseigner Pharaon sur l'avancement de la mission. Neferothep et ses hommes sont partis depuis six jours. En arrivant au temple, ils ont constaté qu'ils ne pouvaient pénétrer dans l'annexe. Sous le règne de Khéops, les portes et les fenêtres de ce bâtiment ont été obstruées par de lourds blocs de pierre. Les murs de l'annexe sont également en pierre. En ce moment, des ouvriers travaillent jour et nuit pour ménager un passage dans l'ancienne porte du bâtiment. Ce n'est pas chose facile. Néanmoins, selon les dernières nouvelles parvenues au palais, les travaux avancent bien. Dans trois jours, nos hommes pourront entrer dans l'annexe.

— Pour quelle raison a-t-on condamné l'annexe de ce temple ?

— Les archives nous ont appris que l'annexe a jadis été transformée en tombeau. Le bâtiment a servi de sépulture à un groupe de prêtres. Il ne devait plus être utilisé et on a veillé à lui trouver une utilité. Puisque l'annexe est devenue

---

7. CE TEMPLE EST FICTIF.

un monument d'éternité, il est normal qu'on en ait bouché tous les accès. Ceux qui ont pris cette décision ne pouvaient pas savoir qu'un important objet avait été dissimulé à l'intérieur.

Tandis que le grand prêtre parlait, le sauveur de l'Empire frictionnait ses cuisses avec un onguent qui dégageait une forte odeur de térébinthe. Sans lever les yeux, il demanda :

— Possédez-vous au moins un indice sur l'endroit précis où les joyaux ont été cachés ? Et puis, qu'est-ce qui vous prouve que le coffre n'a pas été retiré de l'annexe durant sa transformation en tombeau ? Si ce précieux objet n'a pas été découvert à ce moment, j'ai l'impression que Neferothep et ses hommes auront beaucoup de mal à le localiser.

— Tu n'as peut-être pas tort, mon garçon, approuva Ankhhaef. Le papyrus qui nous a conduits au temple de Sobek n'indiquait pas l'emplacement exact des joyaux. Il mentionnait que cinq gardiens devaient guider l'élu vers le coffre. Ces gardiens estimaient sans doute que l'envoyé des dieux se manifesterait de leur vivant. Ils sont probablement morts en emportant leur secret dans l'Autre Monde. Il est très possible que le lion, la vache et le héron soient difficiles à repérer. Mais nous inspecterons cette annexe de fond en comble, quitte à le faire pierre par pierre.

— Vous parlez de cinq gardiens, Ankhhaef. Pourtant, nous savons que le roi Djoser avait confié chacun des quatre coffres à quatre prêtres différents. Nedjem-Ab a dissimulé le premier, Dedephor s'est occupé du second… Comment se fait-il que, cette fois, nous ayons affaire à cinq gardiens ?

— Je n'en sais rien, Leonis. Le papyrus contenu dans le coffre n'en disait pas plus. Les archives ne peuvent nous renseigner davantage. Tout cela est nébuleux, je te l'accorde, mais nous savons au moins que le coffre a été dissimulé dans l'annexe du temple de Sobek. Pour trouver les trois premiers joyaux, tu as d'abord dû localiser le mystérieux Marais des démons qui n'apparaissait sur aucune carte. Pour rapporter le deuxième coffre, tu as été contraint à surmonter les terribles épreuves imaginées par ce fou de Dedephor. Cette fois, un important groupe d'experts sera dépêché dans le but de fouiller ce vaste bâtiment transformé en sépulture. Les hommes de Neferothep agiront en éclaireurs. Ils exploreront les lieux sans avoir à affronter les pièges démentiels d'un odieux personnage comme Dedephor. Pharaon et le vizir sont très confiants, Leonis. Ils croient fermement que, d'ici peu, le lion, la vache et le héron seront entre nos mains.

Ankhhaef s'arrêta. Il fixait le sol en jouant nerveusement avec ses doigts. L'enfant-lion décelait de l'appréhension dans son visage. D'une voix ténue, il dit:

— Visiblement, vous ne partagez pas l'enthousiasme du roi et du vizir, grand prêtre. Même si, pour le moment, aucun danger n'est à prévoir en ce qui concerne cette mission, vous doutez de sa réussite, n'est-ce pas?

— En effet, Leonis. Je ne peux te cacher que j'ai peur. La tâche de retrouver les joyaux t'appartient. Telle était la volonté du dieu-soleil... Je persiste à croire qu'il fallait t'attendre avant d'ouvrir le coffre. D'un autre côté, puisque Mykérinos est le fils de Rê, il serait malvenu de contester sa décision. En apprenant ton retour au palais, j'étais fou de joie. J'ai demandé à Pharaon de rappeler Neferothep et ses soldats. Maintenant que tu es là, il serait logique de t'envoyer au temple de Sobek. De toute manière, tes remplaçants n'ont pas encore commencé leur travail. Ils doivent attendre que l'annexe soit accessible avant d'agir. Mykérinos ne voit cependant aucun motif de t'envoyer là-bas... Il compte te rencontrer demain. Ta longue absence l'a mis dans l'embarras. Il veut que tu lui expliques clairement les raisons de ta disparition.

— Ce que j'ai vécu dans le territoire de Seth dépasse le bon sens, Ankhhaef. Pharaon me croira-t-il? Cela serait étonnant. Dans peu de temps, mes amis seront ici. Mais Sia pourra-t-elle pénétrer dans l'enceinte? Comment arriverai-je à convaincre Mykérinos que nous avons besoin d'elle à nos côtés? Vous m'avez dit que le vizir ne croyait pas à la sorcellerie. Pour le persuader du contraire, Sia devra-t-elle accomplir un prodige devant ses yeux? Désormais, la quête des joyaux ne sera plus la même. Merab s'est allié aux adorateurs d'Apophis. D'autres forces entrent en jeu… Demain, si je ne veux pas passer pour fou, je n'aurai rien à raconter à Pharaon. Et, au risque de commettre un sacrilège, je dois vous avouer que le roi me déçoit beaucoup. L'oracle de Bouto a annoncé ma venue. Ma quête a pour but de réparer les erreurs de Mykérinos. Ce dernier s'interroge encore sur mes actes… Il devrait admettre qu'il est l'unique responsable de la colère de Rê. L'Empire ne serait pas en péril s'il avait su se montrer digne de ses pouvoirs. Si ses décisions avaient été sages, le royaume n'aurait pas eu besoin d'un sauveur. Je souhaite de toutes mes forces la réussite de Neferothep et de ses hommes. Après tout, il est bien possible que, dorénavant, vous puissiez vous passer de moi… Sachez que je ne demande pas mieux... Maintenant, grand prêtre, veuillez me laisser. Je dois aller rencontrer ma petite sœur. En ce moment, je me moque tout à fait de la quête des douze joyaux.

10

LA FIGURE
D'UNE MÈRE

En quittant la demeure de l'enfant-lion, le grand prêtre Ankhhaef était manifestement attristé. Néanmoins, Leonis ne regrettait rien des paroles qu'il avait prononcées. Il était très mécontent. À son avis, il était injuste que Pharaon osât s'interroger sur les motifs de sa disparition. Le sauveur de l'Empire avait maintes fois prouvé sa valeur en exécutant des tâches qu'aucun autre mortel n'eût pu mener à bien. En outre, depuis le commencement de sa quête, rien ne s'était avéré plus pénible que son récent voyage dans le territoire du tueur de la lumière. Le roi et le vizir n'avaient évidemment aucune idée des épreuves que ses amis et lui avaient dû surmonter pour délivrer Sia. D'ailleurs, lorsque le dévoué Ankhhaef avait parlé de cette sorcière devant Pharaon, ce dernier avait douté de sa raison. Leonis n'avait guère envie d'être porté en triomphe pour les exploits qu'il venait d'accomplir. Il n'avait surtout pas l'intention de s'en vanter à quiconque. Toutefois, il se disait que personne, pas même le maître des Deux-Terres, n'avait le droit de mettre sa loyauté en doute.

Après le départ du grand prêtre, la colère de Leonis s'était rapidement estompée. L'imminence de ses retrouvailles avec Tati était venue balayer ses sombres méditations. Tandis qu'il enfilait une tunique, Raya pénétra de nouveau dans la salle de bain. Sur un ton enjoué, elle déclara :

— Voilà, Leonis. La petite t'attend. J'ai enfermé Baï dans la réserve. Ainsi, ce fou ne viendra pas perturber ce grand moment.

— Qui est Baï ? demanda l'enfant-lion.

Raya frappa son front de sa paume.

— C'est pourtant vrai, dit-elle, la dernière fois que tu l'as vu, ce chien n'avait pas de nom. Tu te souviens sûrement du pauvre chiot affamé que Mérit a recueilli peu de temps avant ton départ…

— Comment aurais-je pu l'oublier ? répondit Leonis en riant. Vous pensiez que je ne pourrais pas supporter la présence de cette malheureuse bête dans cette maison. Vous comptiez l'empoisonner et enterrer son cadavre dans les jardins. Je suis heureux d'apprendre qu'il est toujours ici.

— Baï n'est plus la petite bête maigre qu'il était. Il est plutôt agité, mais c'est un bon chien. Tati l'adore déjà… Es-tu prêt à rencontrer ta sœur, Leonis?

— Je suis prêt, Raya. Je ne me suis jamais senti aussi nerveux, mais je suis prêt. Je vais essayer de contenir un peu mes émotions. Avant de me mettre à pleurer, j'aimerais bien lui souhaiter la bienvenue.

D'un mouvement de la tête, Raya invita Leonis à la suivre. Sans bruit, ils se dirigèrent vers le quartier des femmes. À quelques coudées de la porte, le sauveur de l'Empire posa une main tremblante sur l'épaule de sa domestique. Elle se retourna pour constater qu'il pleurait déjà. En signe d'impuissance, il ouvrit les bras. La jeune fille se dressa sur la pointe des pieds pour lui glisser à l'oreille:

— Ne lutte pas contre ton cœur, mon ami. Une simple larme en dit souvent davantage que les plus longs discours.

Leonis acquiesça en silence. De l'autre côté de la porte, une voix enfantine se fit entendre:

— J'espère qu'il me trouvera jolie… Quand j'étais petite, Leonis me trouvait toujours jolie.

Une autre voix très semblable à celle de Raya répondit :

— Comment peux-tu en douter, ma belle Tati ? Tu ressembles à une princesse.

— Raya et toi, vous êtes beaucoup plus belles que moi, Mérit… Quand vous marchez, on dirait que vous dansez… Vous parlez bien, aussi… Peut-être que Leonis sera déçu de voir que je ne parle pas très bien…

— Ton frère ne sera certainement pas déçu, Tati. Au contraire, je suis certaine qu'il sera très fier de sa petite sœur. Et puis, si tu nous trouves plus belles que toi, c'est simplement parce que tu ne t'es pas bien regardée.

Discrètement, Leonis s'approcha de la porte. Il retint son souffle pour jeter un regard dans la pièce principale du quartier des femmes. En apercevant Tati, il constata avec bouleversement qu'il eût pu la reconnaître parmi des centaines d'autres fillettes. Durant sa quête du talisman des pharaons, un quartz magique avait révélé à l'enfant-lion une brève scène dans laquelle évoluait sa sœur. Mais, à cette époque, la malheureuse besognait dans un sordide atelier de tissage. Son visage était souillé de crasse, et si une vilaine contre-maîtresse n'avait pas prononcé son nom, son frère n'eût certainement pas pu l'identifier. Maintenant, Leonis avait sous les yeux une figure familière. Ce doux portrait évoquait ses plus lointains souvenirs. Ce n'était pas le visage de cette enfant qui avait été vendue comme esclave en même temps que lui-même. Non. Il s'agissait d'une vision plus désarmante encore. Dans les traits de sa petite sœur, le sauveur de l'Empire retrouvait la douce physionomie de sa mère Henet. Cette constatation mit définitivement un terme aux efforts qu'il faisait pour contenir la crue de ses sanglots. Leonis franchit le seuil et il s'immobilisa. Dans un soupir voisin du gémissement, il exhala l'air de ses poumons.

Tati leva les yeux vers son grand frère. En l'apercevant, elle sursauta. Ses petites mains s'agitèrent fébrilement. Elle faillit renverser un gobelet de faïence qui reposait sur la table basse devant laquelle elle était assise. Elle hésita un peu. Dans ce grand jeune homme aux traits volontaires et aux épaules robustes, elle n'arrivait pas à reconnaître le gamin espiègle qui avait partagé ses premières années d'existence. De surcroît, le visage de l'enfant-lion était rougi et lustré de larmes. L'émotion l'étranglait. Le regard ébahi de Tati se tourna vers Mérit. Chavirée, la servante fit un signe affirmatif de la tête pour lui confirmer qu'il s'agissait bien de Leonis.

Tati se leva d'un bond. De ses paumes, elle lissa nerveusement la robe un peu trop grande qu'elle portait. L'enfant-lion tendit les bras pour la convier à le rejoindre. La petite se mit à sautiller sur place. Elle mourait d'envie de traverser la pièce pour se jeter au cou de son frère, mais ses jambes semblaient obéir à une autre volonté que la sienne. Elle serra les poings pour tenter d'apaiser le tumulte qui la secouait. Le sauveur de l'Empire et sa petite sœur demeurèrent un moment à l'écart l'un de l'autre. On eût dit qu'un mur invisible les séparait encore. Le temps avait fait d'eux des étrangers. Des étrangers qui, cependant, s'aimaient de toutes leurs forces. Ce fut Tati qui parla la première. D'une voix chevrotante, elle murmura :

— Leonis...

La fillette ne put en dire davantage. Elle fit la moue et se mit à pleurer. Elle contourna la table basse et s'élança à la rencontre de son frère. Tati percuta Leonis avec une telle énergie qu'il passa bien près de tomber à la renverse. Après avoir visualisé mille fois un instant semblable dans leurs songes respectifs, les enfants de Henet et de Khay s'étreignaient enfin. Sa joue plaquée contre la poitrine de son frère, la fillette soupira :

— Je... je savais que je te retrouverais, Leonis... Je pensais toujours à toi... Toujours...

— Ta… Tati…, parvint à bredouiller l'adolescent. Ma douce et belle petite Tati… Tu es enfin là… Tu es enfin là…

Ils se turent. Aucun mot ne pouvait exprimer ce qu'ils ressentaient. Les mains de Leonis caressaient délicatement le dos frêle de sa petite sœur. Il lui couvrait la tête de baisers. Tati ne bougeait plus. Les paupières closes et frémissantes, elle se laissait bercer. Son visage mouillé s'éclairait d'un sourire béat. Raya et Mérit pleuraient aussi. Elles échangèrent un regard de connivence, et, d'un pas furtif, elles quittèrent la pièce.

Le repas fut servi dans la salle principale de la vaste demeure. En s'assoyant devant la table chargée de victuailles, Leonis avait posé un regard de dérision sur le luxueux décor qui l'entourait. Naguère, il avait contemplé avec admiration les quatre piliers de bois incrustés d'ivoire, d'ébène et de faïence qui supportaient le plafond. Les magnifiques statues de la déesse-lionne Sekhmet, qui s'élevaient aux quatre coins de la salle, eussent été dignes des plus prestigieux temples d'Égypte. Chaque élément du mobilier avait été fabriqué avec méticulosité par les plus habiles artisans du royaume. Avant de quitter Memphis pour entamer un périple bien plus long qu'il n'eût pu le prévoir, Leonis s'était montré ravi d'évoluer au milieu de ces choses. Maintenant, la futilité d'un tel faste lui apparaissait clairement. Il sentait toujours la brûlure du désert sur sa peau. Et, dans le désert, une outre pleine valait beaucoup plus que tout cela. Au reste, durant leur séjour dans l'oasis de Sia, ses amis et lui avaient partagé une simple hutte. Dans le monde de la prisonnière des dunes, Montu, Menna et l'enfant-lion avaient aisément pu assurer leur subsistance. Le sauveur de l'Empire se sentait coupable de recevoir sa petite sœur dans un tel environnement. Tati avait été privée de tout. Sans le vouloir, il faisait étalage d'une richesse qu'il jugeait lui-même indécente. Leonis prit conscience que cette maison n'avait jamais été la sienne. Elle ne le serait jamais, d'ailleurs. Si, au cours des prochains jours, il apprenait que Mykérinos avait vraiment renoncé à lui, il la quitterait sans en éprouver le moindre regret.

Pendant que le garçon procédait à sa toilette, Raya avait préparé un savoureux repas. L'air de la salle principale sentait l'ail, le pain et la bière fraîche. Sur la table, il y avait du bœuf grillé et du canard bouilli. Puisque, quelle que fût la saison, les potagers du roi demeuraient luxuriants, les légumes frais ne manquaient jamais dans l'enceinte de la demeure royale. La viande rouge et la volaille étaient donc accompagnées de concombres, de pois chiches, de laitue et de poireaux. Le pain d'épeautre et les gâteaux étaient encore chauds. Des raisins, des figues, des dattes et un grand bol de compote de pastèque complétaient ce tableau coloré. Si les splendeurs de la maison avaient suscité l'embarras de Leonis, il n'en allait pas de même avec les denrées qui s'étalaient devant lui. Il y avait plus de cinq ans que l'adolescent et sa petite sœur n'avaient pas mangé ensemble. Ce festin convenait parfaitement à la célébration de leurs retrouvailles. Raya et Mérit furent invitées à partager cet heureux moment qui soulignait également le retour du sauveur de l'Empire.

Tati était assise à la droite de Leonis. Pendant le repas, ils n'échangèrent que de banales paroles. Leurs yeux brillants de bonheur ne cessaient de se croiser. Leurs traits exprimaient un mélange d'allégresse et d'incrédulité. L'enfant-lion se servait de sa main gauche pour boire et manger. Quant à sa dextre, elle s'immobilisait rarement. Elle caressait la fillette dans des gestes que la nervosité rendait parfois un peu précipités. Ils se restaurèrent avec appétit. Toutefois, en dépit de l'incomparable joie qu'il éprouvait, Leonis ne pouvait s'empêcher de s'interroger. Quelques mois plus tôt, après avoir appris que Tati avait été enlevée par les adorateurs d'Apophis, il avait rencontré Bastet en rêve. La déesse-chat lui avait alors affirmé que quelqu'un veillait sur sa sœur. Maintenant que celle-ci l'avait rejoint, il ne pouvait que constater l'évidence : elle n'avait pas souffert de son séjour chez l'ennemi. Au contraire. On l'avait traitée avec tant de bienveillance qu'il était presque impossible de soupçonner son récent passé d'esclave. De nombreuses questions brûlaient les lèvres de l'enfant-lion. Avant de le quitter, le grand prêtre Ankhhaef lui avait fait part de l'interrogatoire auquel il avait soumis la petite. Le sauveur de l'Empire savait que sa sœur n'avait presque rien dit à l'homme de culte. Tati avait sans doute de bonnes raisons de se taire. Que savait-elle des adorateurs du grand serpent ? Après tous les soins que ces gens lui avaient prodigués, comment eût-elle pu les considérer comme des ennemis ? Leonis n'avait guère l'intention de questionner Tati. Seulement, il ne pouvait feindre l'indifférence relativement aux événements qui l'avaient menée devant l'enceinte du palais royal. Il pouvait deviner que sa sœur appréhendait un nouvel interrogatoire. Afin de la rassurer, il lui dit tendrement :

— Tu reviens de loin, ma petite Tati. Sache que je n'ai pas envie de t'interroger sur les gens qui t'ont délivrée de l'esclavage. Je peux constater qu'ils ont été très gentils avec toi. Ils méritent ma reconnaissance.

La fillette réfléchit un moment avant de déclarer :

— Je sais que ces gens te veulent du mal, Leonis. Raya et Mérit m'ont dit que tu étais devenu scribe comme notre père Khay. Elles m'ont aussi dit que personne ne pouvait te vouloir du mal. Raya et Mérit sont très gentilles. Mais elles racontent des mensonges… Notre père était un scribe, et la belle maison où nous vivions n'était pas à nous. Ma première maîtresse, la vieille Iymuaï, avait un scribe. Ce monsieur portait de beaux vêtements, mais il dormait et travaillait dans une toute petite pièce. Je crois qu'un scribe ne peut pas avoir une maison comme la tienne, Leonis. Hier, un monsieur m'a posé beaucoup de questions. Il m'a dit que des gens te voulaient du mal. Je sais qu'il ne mentait pas… Je peux te dire qu'une belle dame a pris soin de moi. Elle m'a protégée. Si je ne dis pas son nom, c'est parce que, moi aussi, je veux la protéger. Elle m'a dit que les hommes qui m'ont libérée voulaient te faire souffrir. Aujourd'hui, ils pensent que je suis morte. C'est pour ça que j'ai pu m'enfuir. On m'a aidée… On m'a emmenée dans la cité et on m'a dit où je pourrais te trouver. Je me suis perdue… Si tu me le demandais, je ne pourrais même pas retrouver la maison de la belle dame… Mon histoire est peut-être dure à croire. Pourtant, elle n'est pas très compliquée…

Tati s'interrompit. Elle examina longuement le décor de la salle principale avant de poursuivre avec une moue de défiance :

— Mais toi, Leonis, tu as beaucoup de choses à m'expliquer. Mérit et Raya m'ont dit qu'il y a moins d'un an, tu étais encore un esclave. Je ne suis peut-être pas la plus intelligente des petites filles, mais je ne suis pas stupide. Si tu es vraiment un scribe comme notre père Khay, pourquoi tu es si riche ? Et pourquoi les admirateurs d'Anubis veulent te causer du tort ?

La confusion de la fillette fit sourire les jumelles et Leonis. Ce dernier se garda cependant de souligner son erreur. Il lui pinça doucement la joue et répliqua :

— Si tu n'es pas la plus intelligente des petites filles, je me demande bien où se trouve celle qui te surpasse, ma chère sœur ! Tu as vu juste. Je ne suis pas scribe. Je t'expliquerai bientôt les raisons de ma présence ici. Et puis, je ne suis pas riche. Je suis seulement un invité du roi…

— Cette maison n'est pas la tienne, alors? demanda Tati.

— Non, ma belle, répondit Leonis d'un air rêveur. Ma seule vraie maison, c'est toi.

11
MERAB SAIT TOUT

Lorsque Baka fit son entrée dans les quartiers de Merab, le sorcier ne daigna même pas lever les yeux. Debout devant son plan de travail, l'envoûteur, les paupières mi-closes et les traits crispés, s'affairait devant une balance de cuivre. Il laissa tomber une faible quantité de poudre sur l'un des plateaux de l'instrument de mesure. Le fléau de la balance, qui semblait tout à fait horizontal, ne bougea visiblement pas. Merab hocha néanmoins la tête d'un air satisfait. Il se frotta les mains et posa enfin son regard sur le chef des adorateurs d'Apophis.

— Bonsoir, maître, dit-il. La cérémonie s'est-elle bien déroulée?

— Le grand serpent a encore une fois entendu l'appel de ses adeptes, vieil homme. Il est venu faire honneur à l'offrande qu'on lui destinait. Ce soir, deux autres pêcheurs du delta ont été livrés en pâture au puissant Apophis. Il y a quelques mois, des hommes du Nil ont attaqué deux de nos barques. Ils doivent grandement le regretter, maintenant... Pour quelle raison n'assistes-tu pas aux cérémonies, Merab ? Tant que tu refuseras de célébrer le culte, tu garderas la tunique du profane. Les adeptes commencent à murmurer dans ton dos. Ils se demandent si tu mérites tous ces bienfaits que je t'ai offerts.

L'envoûteur inclina la tête pour examiner la longue tunique rouge qu'il portait. Il eut un petit rire et affirma :

— Je suis au courant de tout ce qu'on raconte à mon sujet, maître. Mais ces paroles me laissent froid. Je suis sous le parrainage de Seth. Apophis est une création de Seth. Toutefois, afin d'obéir à la volonté de Rê, le dieu du chaos a été contraint de renier le grand serpent... Tout comme vous, maître, j'ai choisi de servir le mal. Seulement, ne me demandez pas d'admirer votre dieu. Le mien est beaucoup plus puissant... Vos sanglants sacrifices ne m'intéressent pas. Je suis ici pour vous aider à éliminer le sauveur de l'Empire.

— C'est effectivement ce que tu es censé faire, vieil homme. Mais tu ne sembles pas pressé d'agir. Tu disposes maintenant de toutes les choses que tu m'avais demandé de te fournir. Qu'attends-tu pour passer à l'acte ? Tu n'es même pas en mesure de me dire où se trouve l'enfant-lion. Pourrais-tu le faire, à présent ? En te faisant confiance, me serais-je trompé ?

Le sorcier fit quelques pas dans la vaste pièce vide. Il s'immobilisa près de Baka et le fixa avec intensité. Ce regard troubla le maître des adorateurs d'Apophis. Il eut l'impression que le vieillard fouillait son esprit. Merab ébaucha un sourire. Il se racla la gorge pour déclarer :

— Il y a quelques jours, je n'avais aucun moyen de savoir où se trouvait le sauveur de l'Empire. En ce moment, je sais qu'il a regagné le palais de Mykérinos...

— Tu ne m'en as pourtant rien dit, sorcier, fit Baka entre ses dents. Ce matin, je t'ai encore demandé si tu avais réussi à localiser Leonis...

— Ce matin, je n'avais pas de réponse à vous donner. Et puis, même si j'avais su que le gamin était sur le point de revenir, qu'auriez-vous pu faire, maître ? Les rues de Memphis grouillent de soldats de l'Empire. Vous êtes convaincu qu'il est approprié de tourmenter ainsi les pêcheurs du Nil. Vous clamez votre fierté chaque fois que vos combattants brûlent un village du delta. En vérité, ces agressions nous nuisent. En heurtant la ruche, vous avez excité les abeilles. Désormais, vos troupes d'élite auront bien du mal à s'infiltrer dans les cités du royaume... Même si je vous avais annoncé que l'enfant-lion avait atteint Memphis, vous n'auriez rien pu faire contre lui... Il y a de nombreuses choses que vous ignorez, maître Baka. C'est pour vous exposer clairement la situation que, ce soir, je vous ai demandé de venir seul.

— Je suis là, Merab. Je t'écouterai. Je commence toutefois à me lasser de tes paroles. Le temps est venu d'utiliser ta magie.

— Je l'utilise chaque jour, maître, certifia le vieillard. Sans mes pouvoirs, il m'aurait d'ailleurs été impossible de vous annoncer le retour de Leonis. Je me soumets entièrement à votre autorité. Lorsque je ne réponds pas à vos interrogations, c'est que j'en suis incapable. Il est rare que cela m'arrive. D'ordinaire, je n'ai aucune difficulté à localiser les gens. J'ai finalement découvert les raisons qui m'empêchaient de retrouver Leonis. Je dois vous annoncer que ce gamin sera dorénavant à l'abri de mes pouvoirs...

— Que dis-tu ? s'écria Baka. J'espère pour toi que tu n'es pas sérieux, Merab ! Tu t'es suffisamment moqué de moi ! J'aurais dû deviner que tu serais incapable de nous aider! Tu mériterais d'être dévoré par le grand serpent!

Merab ne s'émut pas. Il observa son vis-à-vis avec arrogance avant de riposter d'une voix tranchante:

— Je ne crains pas Apophis, Baka. Et, puisque nous sommes dans l'intimité, je me permets de ne plus utiliser le mot «maître» pour m'adresser à toi. Je n'en peux plus de jouer les inférieurs. Tu es le maître de ces fanatiques qui remplissent les gradins de ton temple. Quant à moi, mon seul maître est Seth. Sois tranquille, j'éviterai de me montrer irrévérencieux devant tes sujets. Tu sais que je suis très puissant. Tu prétends que tu doutes de ma force, mais je sais que tu la crains. Maintenant, écoute-moi.

Baka serrait les poings à s'en rompre les phalanges. Son visage était cramoisi. Personne ne pouvait lui parler de la sorte. Malgré cela, il savait que ce chétif vieillard avait la capacité de le terrasser d'un seul geste. Il en avait déjà eu la preuve en examinant le cadavre disloqué de l'un de ses combattants. Le chef des adorateurs d'Apophis demeura muet. Le sorcier continua:

— La dernière mission du sauveur de l'Empire concernait des forces qui dépassaient de loin celles des mortels. La vie de ce garçon s'est jouée dans un territoire inconnu des hommes. Ce monde appartient à Seth. Mon maître avait Leonis à sa merci. Malheureusement, les autres divinités ont comploté contre lui... L'enfant-lion avait la tâche de libérer une sorcière. Il y a long-temps, j'ai affronté cette femme. Sa force n'était pas comparable à la mienne. Je l'ai donc vaincue sans trop de mal. Je lui ai ensuite jeté un sort. Depuis deux siècles, elle était retenue prisonnière au cœur du terri-toire du tueur de la lumière. Leonis l'a délivrée. Désormais, elle l'accompagnera dans sa quête. Elle a déjà veillé à préserver le sauveur de l'Empire de ma sorcellerie. C'est la raison pour laquelle je n'arrivais pas à connaître l'endroit où il se trouvait. Le bouclier magique qui l'entoure m'empêche de le localiser. Ce voile le protège également de mes envoûtements...

Baka serra les mâchoires. Il s'efforça de prendre une voix autoritaire pour jeter :

— Dans ce cas, tu ne peux rien nous apporter, Merab. J'ignore si ton récit est vrai. Mais il m'apparaît évident que tu es incapable de nous assister... Puis-je te demander de partir ?

Merab exhala un rire sinistre. Sur un ton moqueur, il lança :

— Ce serait une grossière erreur, Baka. Étant donné que cette sorcière s'est alliée au sauveur de l'Empire, tes hordes seront grandement menacées. Plus que jamais, tu as besoin de ma présence à tes côtés. Pour le moment, Leonis échappe à mes pouvoirs. Toutefois, sache-le, je ne suis pas complètement impuissant. Cet après-midi, j'ai visité en esprit la salle du trône du palais royal de Memphis. Ton cousin Mykérinos discutait avec son vizir. C'est ainsi que j'ai appris le retour de Leonis. Ensuite, je me suis transporté dans la demeure de l'enfant-lion. Ce dernier dialoguait avec un prêtre. Leur conversation était vraiment intéressante… Désires-tu toujours que je parte, Baka ? Ne voudrais-tu pas entendre mes étonnantes révélations ?

— Parle, sorcier ! Je jugerai si tes révélations sont suffisamment profitables pour justifier ta présence dans ce repaire !

— Bien, dit Merab. C'est très bien, Baka… Je dois d'abord t'annoncer qu'une expédition est partie à la recherche des trois prochains joyaux de la table solaire. Bien entendu, cette tâche incombait à l'enfant-lion, mais le pharaon en a eu assez d'attendre son retour.

— Où se trouve le troisième coffre ? demanda Baka avec fébrilité. Crois-tu que nous pourrions…

— Non, le coupa Merab. Je ne crois pas que nous pourrions ravir ce coffre aux combattants de Mykérinos. Encore une fois, il faut jeter le blâme sur ces attaques que vous menez contre les hommes du Nil. L'expédition qui doit rapporter les joyaux est hautement protégée. Cent soldats l'accompagnent. De plus, l'endroit où est dissimulé le coffre est situé non loin de Memphis. Si tes troupes livraient un assaut pour tenter de s'emparer du coffre, les soldats de l'Empire auraient tôt fait d'obtenir du renfort. Tes hordes subiraient de lourdes pertes.

— Il doit certainement exister un moyen de s'emparer de ce coffre! s'exclama Baka avec un geste d'impatience. Ne pourrais-tu pas envoûter les membres de cette expédition, Merab?

— Pour jeter un sort à un individu, j'ai besoin d'un objet lui ayant appartenu. Un seul cheveu de chacun de ces hommes ferait l'affaire. Seulement, je ne possède rien de tel. De toute manière, il y a peu de chances que ces envoyés accomplissent la mission qui leur a été confiée. Ton cousin Mykérinos estime que tout ira bien. Mais, selon moi, il vient de condamner d'excellents combattants à une mort certaine.

— Vraiment? dit le maître des adorateurs d'Apophis. Est-ce parce que Mykérinos a négligé le sauveur de l'Empire que tu prétends que les choses tourneront mal?

— Non, Baka. La décision du roi n'a rien à voir avec les événements qui sont à prévoir. Le coffre repose dans l'annexe d'un temple dédié au dieu-crocodile. Les archives du royaume stipulent que, du temps de Khéops, cette annexe fut transformée en tombeau. C'est la vérité. Seulement, ceux à qui l'on destinait cette sépulture n'étaient pas morts lorsqu'ils furent emmurés dans ce bâtiment…

Merab se tut. Il laissa son regard errer sur un pan de mur orné de hiéroglyphes. Le vieux tourna ensuite un visage amusé vers Baka. Sur un ton admiratif, il reprit:

— Ton ancêtre Khéops me plaisait bien. Il avait un cœur de pierre et personne n'aurait osé défier son autorité. Comparé à lui, Mykérinos n'est qu'un être négligeable. Et je m'abstiendrai de parler de toi, Baka… Enfin, Khéops savait se montrer intransigeant. Les gens qu'il a condamnés ont contesté ses ordres, et il a veillé à ce que leur trépas soit atroce. Seul un très vieux prêtre du temple de Sobek se souvient encore de cette époque. Mais cet homme n'est plus très sain d'esprit. En outre, il est aveugle, presque sourd et impotent. Personne ne l'écoute, mais, moi, j'ai eu la brillante idée de sonder ses pensées. Il m'a involontairement transmis la véritable histoire de cette annexe changée en tombeau. Il s'agit d'une histoire horrible, comme je les aime... Je te la raconterai peut-être un jour, Baka. Pour le moment, je tiens à t'assurer que le mal règne dans l'annexe. Ceux qui tenteront de s'approprier le coffre devront affronter les esprits de ceux qui, autrefois, avaient la charge de garder cet objet sans prix. Ces âmes errent dans un seul but : celui d'assouvir leur vengeance. Moi-même, en dépit de ma force, je ne mettrais pas les pieds dans ce bâtiment. Je m'en suis approché en esprit. L'énergie maléfique qui en émane a suffi à me convaincre de rester à l'écart.

— Selon toi, même le sauveur de l'Empire échouerait ?

Merab hésita. Il ne pouvait guère avoir la certitude que l'enfant-lion ne parviendrait pas à accomplir cette tâche. Leonis n'était-il pas sous la protection des dieux ? Puisque Seth était maintenant confiné dans son propre domaine, Bastet en profiterait sans doute pour venir en aide à son protégé. Le sorcier haussa les épaules. Il avoua avec flegme :

— Je ne peux rien affirmer, Baka. Leonis est l'élu. Si quelqu'un peut réussir cette mission, c'est bien lui. Toutefois, en ce moment, l'enfant-lion n'est pas d'humeur à risquer sa vie pour le royaume. Comme je te l'ai dit, une barrière m'empêche de connaître ses pensées. Malgré tout, j'ai constaté qu'il se sentait trahi par le pharaon. Et puis, maintenant qu'il a retrouvé sa sœur, son existence prend un tout autre sens...

Baka éclata d'un rire sonore.

— Je m'en doutais bien! cracha-t-il. Tu racontes n'importe quoi, vieillard! La sœur de Leonis est morte! Elle s'est noyée dans la piscine du domaine que dirige ma sœur Khnoumit! Hapsout a assisté à toute la scène!

— Hapsout est un imbécile, riposta Merab. Ta sœur s'est servie de lui pour te tromper, mon pauvre Baka. Tati n'est pas morte. Il s'agissait d'un coup monté. Hapsout a aussi vu mourir le combattant Hay, n'est-ce pas? Si je te disais que ce gaillard est en route pour retrouver ta sœur, douterais-tu de mes paroles?

Un masque livide voilait la figure du chef des ennemis de la lumière. Il protesta sans conviction:

— C'est faux... Tu... tu dis des bêtises, Merab.

— Je vous avais livré Tati, mais vous l'avez perdue. Une telle incompétence dépasse l'entendement! Pour ce qui est de ta chère sœur, elle est follement amoureuse de ce Hay que Hapsout a prétendument vu périr dans la gueule d'un crocodile. En vérité, cet abruti n'a rien vu, car il faisait nuit. Un tel couard ne se serait jamais aventuré sur la rive du Nil comme il te l'a pourtant affirmé... Lorsque Hay s'est avancé vers le fleuve pour y jeter le faux corps de la petite, il n'a eu qu'à hurler et à frapper l'eau avec une rame pour faire croire à Hapsout qu'un crocodile l'attaquait. Le stratagème a réussi. Hay s'est ensuite engagé silencieusement sur le Nil à bord d'un canot de jonc. Pour vous, il n'existait plus. Pendant ce temps, la gamine dormait paisiblement dans une cachette ménagée sous la chambre de ta sœur. Quelques jours après, Hay est venu la chercher pour la conduire à Memphis... En ce moment, Khnoumit se dirige vers Edfou. Elle attend que son beau prince vienne la ravir aux six hommes chargés de sa surveillance... Elle t'a trompé, Baka...

Le maître était atterré. Sa sœur Khnoumit était effectivement en route pour Edfou, mais il n'avait jamais fait mention de ce voyage devant Merab. Baka était donc obligé de croire les paroles du vieillard. Avec hargne, il rugit :

— Hapsout sera sacrifié! Khnoumit et Hay payeront pour leur traîtrise. S'ils parviennent à fuir, ils seront traqués comme des bêtes!

— Tu n'auras pas à les chercher longtemps, Baka. Car je vois tout. Pour ce qui est de

158

Hapsout, j'aimerais que tu me le confies. Personne ne hait Leonis autant que lui. Grâce à mes soins, ce rat deviendra une sanguinaire créature. De sa haine, je créerai un monstre. Seul le sang de l'enfant-lion pourra étancher sa soif.

12
RÉVOLTE

C'est en silence que le sauveur de l'Empire et le grand prêtre Ankhhaef gagnèrent l'austère salle du trône du palais royal de Memphis. Les traits de Leonis étaient insondables. Son regard était fuyant. Il n'avait visiblement pas envie d'entamer une conversation. En pénétrant dans la salle, ils constatèrent que Pharaon et le vizir Hemiounou les attendaient déjà. Ankhhaef et l'enfant-lion s'immobilisèrent dans l'allée bordée de colonnes qui conduisait au trône. En les apercevant, Mykérinos se leva. Les nouveaux venus s'inclinèrent dans un cérémonieux salut. Sans attendre et sur un ton sévère, le maître des Deux-Terres s'adressa à Leonis :

— Je suis heureux de te revoir, enfant-lion. Je dois t'avouer que je ne savais que penser de ta disparition. Après ton départ de Thèbes, Ankhhaef nous a fait d'étonnantes confidences.

Il était cependant bien difficile d'ajouter foi à ce qu'il nous a raconté. Ton retour démontre que ta fuite n'avait pas pour but d'échapper à ta tâche. Tu nous as d'ailleurs fait parvenir deux messages par l'intermédiaire d'un faucon… Maintenant, corrige-moi si je fais erreur, mon garçon. Je vais tenter de bien décrire les événements que tu as vécus ces derniers temps: à Thèbes, la déesse Bastet s'est manifestée devant tes yeux. Elle t'a alors confié la mission de libérer une sorcière. Pour parvenir jusqu'à cette enchanteresse, tu as dû pénétrer dans un territoire appartenant à Seth. En ce lieu, tu as dû affronter le dieu du chaos… À présent, tu es devant moi, Leonis. Aurais-tu réussi l'inconcevable exploit de vaincre le tueur de la lumière? N'est-il pas normal que je m'interroge sur les réels motifs de ta longue absence?

Le vizir laissa échapper un rire méprisant. Le sauveur de l'Empire prit une profonde goulée d'air pour tenter de se calmer. Lorsqu'il répondit, sa voix tremblait d'indignation:

— Ankhhaef vous a dit la vérité, Majesté. Que pourrais-je encore ajouter pour vous convaincre de ma loyauté? Bientôt, la sorcière que mes compagnons et moi avons délivrée me rejoindra. L'Empire a besoin de cette femme. Un puissant envoûteur s'est allié à nos ennemis… Je suis l'enfant-lion. Je suis l'élu des dieux. J'ai vu Bastet, fille de Rê. Elle me guide et me protège. Vous avez provoqué la colère du dieu-soleil, Pharaon. Entend-il vos prières? Non. Il ne vous écoutera qu'au moment où les douze joyaux seront réunis sur la table solaire. Si vous pouviez encore sauver votre royaume, vous n'auriez pas besoin de moi.

— Sacrilège! s'écria le vizir. Les paroles de ce garçon sont celles d'un dément! Tu dois te repentir, Leonis! Tu dois implorer la clémence du fils de Rê!

— Cela suffit, Hemiounou! lui ordonna Mykérinos. L'enfant-lion est l'élu. Nous ne pouvons pas le nier. Il est vrai que, sans lui, nous n'aurions jamais pu amorcer la quête des douze joyaux…

Le souverain descendit les quelques marches façonnées dans le socle de son trône. Il s'approcha du sauveur de l'Empire. Les mots que celui-ci venait de lui adresser l'avaient manifestement bouleversé. Par respect, Leonis évita de soutenir son regard. Le roi déclara:

— Tes mots me blessent, enfant-lion. Il faut bien du courage, ou alors beaucoup d'inconscience, pour parler ainsi au maître des Deux-Terres. Dois-je prendre cela comme un affront? Est-ce que tes réussites t'auraient rendu vaniteux? Si c'était le cas, ma déception serait grande. Toutefois, je ne peux croire que tu puisses te comporter avec arrogance. De surcroît, je sais que tu es beaucoup trop intelligent pour ne pas avoir envisagé les risques auxquels tu t'exposais en tenant de tels propos. À mon avis, les paroles que tu viens de proférer étaient en fait un cri du cœur. Elles démontraient que, quitte à subir mon châtiment, tu ne reculerais devant rien pour me faire voir la vérité. Mais quelle est donc cette vérité, sauveur de l'Empire ? Dois-je croire que ton périple dans le territoire de Seth a réellement eu lieu ? Dois-je admettre que tu as réussi à triompher du puissant tueur d'Osiris ? Dois-je reconnaître, sans sourciller, l'existence de cet envoûteur qui a rejoint les rangs des adorateurs d'Apophis ? Puis-je vraiment croire que la réussite de la quête des douze joyaux repose maintenant entre les mains de cette sorcière que tu as libérée ?

— Vous seul pouvez répondre à ces questions, ô Roi ! Il ne me servirait à rien de vous donner plus d'explications. J'imagine que Sia, la sorcière, pourra vous révéler certains de ses pouvoirs… Si vous la laissez pénétrer dans l'enceinte, évidemment… Il est vrai que peu de gens pourraient croire au récit de mon dernier voyage. Mais, à bien y songer, rares seraient les sujets du royaume qui pourraient admettre l'existence d'un sauveur de l'Empire. Vous avez cru en moi, Majesté. N'ai-je pas rapporté le talisman des pharaons? Vous ne doutiez pas du fait que ce pendentif devait m'être attribué par les divinités. Lorsque vous m'avez trouvé après trois ans de recherches, vous m'avez enfermé dans un cachot rempli de cobras. Aucun de ces serpents ne m'a mordu. Un prodige s'est aussi produit lorsque nous avons libéré le passage conduisant à la table solaire. Vous avez alors eu le privilège de voir la lumière divine. Ankhhaef et le vizir étaient aussi présents, ce matin-là. Après autant de preuves, comment pouvez-vous encore douter de ma bonne volonté? J'ai envoyé un message pour vous avertir qu'il ne fallait pas ouvrir le coffre. Vous l'avez ouvert malgré tout. Si vous aviez la moindre idée des souffrances que mes amis et moi avons dû endurer dans le désert, vous comprendriez sans doute ma révolte. Depuis le commencement de ma quête, toutes mes missions ont été parsemées d'embûches. J'ai failli mourir à plusieurs reprises sous les flèches empoisonnées des adorateurs d'Apophis. Et, comme si cela ne suffisait pas, je dois également me défendre contre votre incrédulité, Pharaon. Je ne suis pas devenu vaniteux. Je suis même prêt à quitter cette enceinte et à me faire ouvrier si vous n'avez plus besoin de moi…

Un sourire amusé éclaira la figure de Mykérinos. Il toucha l'épaule de Leonis et murmura :

— Après les services que tu as rendus au royaume, il serait fort ingrat de ma part de te laisser devenir ouvrier. L'Empire a toujours besoin de toi, brave Leonis. La quête n'est pas terminée… À l'origine, la mission de l'enfant-lion consistait à rapporter le talisman des pharaons. L'oracle n'a pas annoncé que tu devais réunir les coffres. Pourtant, il était logique de croire que la quête des douze joyaux t'incombait. Durant ta longue absence, nous avons réfléchi à tout cela. Que serait-il arrivé si tu avais trouvé la mort pendant ton dernier voyage ? Aurions-nous dû attendre la fin des fins sans réagir ? J'ai patienté longtemps avant de donner l'ordre d'ouvrir le second coffre. Même si le récit d'Ankhhaef avait semé le doute dans mon cœur, je ne pouvais me résoudre à continuer cette quête sans toi. J'ai tout de même demandé au commandant Neferothep de réunir un groupe de soldats. Si jamais tu ne revenais pas, ces hommes auraient la tâche de te remplacer. Ton premier message m'a rendu très heureux. Il m'apprenait que tu étais toujours vivant. Après l'avoir lu, j'ai décidé de patienter encore. Tes mots nous avertissaient de ne pas ouvrir le coffre. Mais après mûre réflexion, nous avons jugé qu'il n'y avait aucun risque…

Mykérinos fit volte-face et regagna son trône. Le visage de Leonis était impassible. Son regard résolu croisa celui du vizir. Même s'il n'avait pas pris part à la discussion, Hemiounou affichait le sourire condescendant d'un maître venant de démontrer un raisonnement irréfutable à un profane. Le sauveur de l'Empire serra les poings. Pharaon poursuivit :

— Le second coffre se trouve, avec le premier, dans une chambre du palais. Il est gardé jour et nuit par des soldats armés. Il est donc en sécurité. Bien entendu, Ankhhaef nous avait parlé du sorcier Merab. Mais je dirige un empire, enfant-lion. Les histoires de sorcellerie font peur aux enfants. Elles alimentent les conversations des gens crédules. Il serait indigne d'un roi de baser ses décisions sur de telles absurdités… Le vizir a fini par me convaincre d'ouvrir le coffre. Nous te savions vivant, mais nous ignorions quand tu reviendrais. Pour gagner du temps, nous comptions organiser ton prochain périple. Jusqu'à cet instant, il était hors de question de confier ta tâche aux hommes de Neferothep. Toutefois, le papyrus qui accompagnait les joyaux nous a révélé que le troisième coffre était dissimulé dans l'annexe du temple de

Sobek. Je me suis souvent rendu là-bas. Je n'ai jamais visité l'annexe parce qu'elle a été transformée en sépulture. Seulement, j'ai la certitude que cet endroit est aussi peu dangereux que la pièce dans laquelle je dors. Ne te sens pas trahi, enfant-lion. Si les circonstances nous avaient indiqué qu'il était périlleux de mener cette mission, elle t'aurait été confiée.

Le sauveur de l'Empire prit sa tête entre ses mains. Il se massa le crâne un moment avant de lever les yeux sur le souverain. Sur un ton résigné, il dit :

— Je n'ai rien contre le fait que d'autres hommes m'ont remplacé, Pharaon. Je souhaite de tout mon cœur que ces combattants reviennent triomphants de leur mission. Pour le moment, il me serait impossible de vous convaincre de la puissance du sorcier Merab. Mais, même si vous pensez que je suis naïf de considérer que ce personnage pourrait nuire à la quête, me permettrez-vous de vous dire ce qui m'inquiète ?

En signe d'assentiment, Mykérinos hocha la tête. Leonis reprit :

— C'est grâce à Merab que les adorateurs d'Apophis ont pu mettre la main sur ma petite sœur. Il leur a indiqué l'endroit où se trouvait Tati. Ce sorcier a le pouvoir de voyager en esprit. Ainsi, même s'il était incapable d'envoûter qui que ce soit, il serait tout de même menaçant. L'esprit de cet homme est peut-être même dans cette salle, en ce moment…

Le vizir Hemiounou pouffa.

— Vous riez, vizir, jeta Leonis en fronçant les sourcils. Sachez que j'aimerais beaucoup ne pas être certain de ce que j'avance. Lorsque Sia sera ici, vous pourrez constater que la sorcellerie existe… Comme je vous le disais, Pharaon, Merab possède la faculté de voyager en esprit. Un tel pouvoir le rend mille fois plus efficace que l'espion que nous avons démasqué, mes compagnons et moi. Lorsque vous avez procédé à l'ouverture du coffre, il est probable que Merab a tout vu. Si les choses se sont passées ainsi, vous pouvez être sûr que Baka et ses hordes connaissent déjà l'endroit où est caché le troisième coffre. Ils pourraient donc tenter de se l'approprier.

Le vizir affirma :

— Même si tout cela était vrai, les adorateurs d'Apophis n'auraient aucune chance de nous ravir le coffre. Nous avons envoyé cent soldats au temple de Sobek. Neferothep et ses hommes ne courent aucun danger. Avec une telle escorte, le coffre sera acheminé sans risque au palais.

— De toute manière, intervint le pharaon, nous ne pouvons plus reculer. Ce qui est fait est fait. Le coffre a été ouvert et, si tes craintes se concrétisaient, je peux t'assurer que j'endosserais le blâme de mes actes, mon garçon. Sache que, malgré les apparences, tu as toujours mon entière confiance. Il me tarde de rencontrer cette sorcière que tu as libérée. Elle saura peut-être chasser mes doutes… Car j'ai encore des hésitations. Je ne remets pas en cause ton honnêteté. De toute évidence, tu ne mens pas. Tu crois fermement à ce que tu dis. Il est cependant de mon devoir d'émettre des réserves sur ce genre d'affirmations… Ne t'en fais pas, enfant-lion. Le troisième coffre sera bientôt en notre possession. Tu peux te reposer, à présent. Ton récent voyage a creusé ton visage. Profite de ce répit pour cajoler ta petite sœur… Ton retour comble mon cœur de joie, Leonis! Mais, dis-moi, comment se fait-il que tu sois arrivé avant tes compagnons?

— Je suis l'enfant-lion, Majesté. C'est très rapide, un lion!

La réplique amusa le roi. Leonis réprima un fou rire.

— Si seulement vous saviez…, chuchota-t-il.

13

UN BIEN COURT RÉPIT

Deux jours après la convocation de Leonis dans la salle du trône, Montu, Menna et Sia avaient atteint Memphis. Puisque le commandant Inyotef avait été informé de leur arrivée imminente, les compagnons du sauveur de l'Empire n'avaient eu aucun mal à pénétrer dans l'enceinte. L'ânesse rousse de Montu avait été conduite dans un enclos avoisinant le quartier des domestiques. Comme l'enfant-lion l'avait fait quelques jours auparavant, les voyageurs s'étaient livrés aux soins méticuleux des serviteurs du palais. Raya et Mérit avaient préparé un autre succulent festin. C'était avec émotion que Montu et Menna avaient fait la connaissance de l'adorable Tati. À la fin du repas, et après avoir demandé discrètement à Raya d'entraîner sa petite sœur à l'écart, le sauveur de l'Empire avait exposé à ses amis les détails de son entretien avec le pharaon. Le compte rendu de Leonis était venu ternir l'heureuse ambiance de cette soirée. Les convives n'avaient toutefois pas eu envie de commenter les décisions de Mykérinos. Sia avait affirmé qu'elle parviendrait aisément à convaincre le roi de l'existence de la sorcellerie. Menna, Montu et la sorcière d'Horus étaient fourbus. Ils s'étaient donc couchés très tôt.

Le lendemain, la matinée était déjà fort avancée lorsque Montu, Menna et Leonis gagnèrent la terrasse de la belle demeure. Sia avait exprimé le désir de visiter les jardins. Raya lui avait offert de l'accompagner. Tati et Mérit étaient demeurées dans le quartier des femmes. Un tailleur s'affairait à prendre les mesures de la fillette. En débouchant sur la terrasse, les aventuriers virent les deux faucons de Sia perchés côte à côte sur la rambarde de pierre. Leonis observa les oiseaux. À voix basse, il soupira :

— Hapi et Amset ont bien livré mes messages, les gars. Mais cela n'a pas suffi à faire entendre raison à Pharaon. Comme je vous l'ai raconté hier, j'ai eu l'impression de passer pour un fou lorsque Mykérinos m'a interrogé. De toute évidence, il ne croit pas à notre périple dans le territoire de Seth. J'espère que

Sia parviendra au moins à lui faire admettre l'existence de Merab.

— Je vais montrer cette cicatrice au roi et au vizir, proposa Montu en pointant du doigt la longue balafre qui marquait son bras gauche.

— Et que leur diras-tu, mon vieux ? demanda Leonis. À mon avis, si tu leur racontais que cette blessure a été causée par un scorpion géant, ça n'aiderait en rien notre cause.

— Tu as raison, Leonis, approuva Montu avec une grimace de dépit. Mais Pharaon ne peut tout de même pas penser que nous nous sommes absentés pour le plaisir ! Nous avons tellement peiné pour délivrer Sia ! Avons-nous enduré toutes ces souffrances pour qu'on se moque de nous ?

— C'est navrant, en effet, intervint Menna, mais la réaction du roi était prévisible. Quand Merab passera à l'acte, Mykérinos se rendra compte de son erreur. Malheureusement, lorsque ce jour viendra, il sera sans doute trop tard... Pour ce qui est du troisième coffre, nous ne pouvons douter de l'excellence des hommes qui sont partis à sa recherche. Les meilleurs soldats de l'Empire sont sous les ordres du commandant Neferothep. Puisque les joyaux sont soi-disant faciles à récupérer, la mission pourrait réussir...

Le soldat s'interrompit. Son regard exprimait la perplexité. Après un long moment de réflexion, sa figure s'éclaira pourtant d'un sourire. Il toucha le bras de l'enfant-lion et déclara :

— Il est bon de voir que tu as retrouvé ta sœur, Leonis ! De plus, elle se porte à merveille !

Le sauveur de l'Empire acquiesça :

— En fait, c'est plutôt Tati qui m'a retrouvé, Menna. J'aimerais tant remercier cette mystérieuse femme qui a si bien veillé sur elle. Sans cette dame, ma sœur aurait sûrement rejoint le royaume des Morts... Vous savez, Tati ressemble beaucoup à ma mère Henet. En l'apercevant, j'ai tout de suite eu la certitude qu'il s'agissait de ma sœur. De son côté, elle a hésité lorsqu'elle m'a vu... Elle hésitait même encore un peu au moment d'aller dormir. Il a fallu que je lui montre mon dos. Ma tache de naissance en forme de lion a fini de la rassurer. Au fond, malgré mes inquiétudes concernant le troisième coffre, je ne suis pas fâché de pouvoir profiter d'un répit. Tati et moi avons beaucoup de temps à rattraper.

— Moi, dit Montu, je dois me réconcilier avec mon ventre ! Avouez qu'il serait tout de même contrariant de devoir partir bientôt pour une autre mission.

— Demain, j'irai voir mes parents, glissa Menna. Avant notre départ pour le tombeau de Dedephor, je leur ai annoncé qu'on m'avait confié une mission de quelques semaines. Après plus de deux mois d'absence, ils doivent sérieusement se tracasser à mon sujet.

Sur un ton résolu, Leonis affirma :

— Nous avons mérité ce repos, mes braves amis. Il faut faire confiance au commandant Neferothep. Lorsque ses hommes et lui reviendront avec le coffre, il ne restera que trois joyaux à retrouver. Si Pharaon nous confie la tâche de partir à la recherche du quatrième coffre, il s'agira de notre dernière mission. Après, je quitterai cette demeure pour aller habiter un endroit qui me ressemblera davantage. Je deviendrai un excellent scribe. Il me reste encore beaucoup de choses à apprendre pour exercer ce métier, mais j'y travaillerai. Ma vie d'esclave m'a enseigné à sculpter la pierre comme personne. Les gens se battront pour que je grave leur histoire sur les parois de leur tombeau !

Montu afficha une moue dégoûtée.

— Pourquoi te donnerais-tu autant de mal, mon vieux ? demanda-t-il. Nous avons sculpté la pierre durant cinq ans sur le chantier du palais d'Esa. Moi, j'ignore ce que je ferai après, mais je sais que je ne toucherai plus à un ciseau ni à un maillet de toute ma vie. Et puis, crois-tu sincèrement que ta chère Esa voudra épouser un scribe qui grave la pierre? De toute manière, même si elle le désirait, j'imagine que Pharaon ne serait pas d'accord avec elle.

— Tu dis vrai, mon vieux Montu. Mais, même si j'aime Esa de tout mon cœur, il faudra que je renonce à l'épouser. Que je devienne graveur de pierre ou vizir, le sang des dieux ne coulera jamais dans mes veines. Nous ne sommes plus des esclaves. L'esclave ne reçoit jamais de félicitations pour son travail. Il besogne comme une bête et les louanges vont à ceux qui le battent. Lorsque nous étions sur le chantier, la pierre représentait la souffrance. Maintenant, nous sommes libres, Montu. La liberté change tout. L'homme libre, s'il s'en donne la peine, peut faire des choses qui lui vaudront encore des louanges dans mille ans. La pierre n'a jamais torturé personne. On s'en sert parfois pour lapider les gens; notre sueur, nos larmes et notre sang se sont répandus sur elle, mais, sans l'homme, la pierre reste inoffensive, mon ami.

Montu haussa les épaules. Il prit un air moqueur pour faire remarquer:

— On croirait entendre Sia, mon vieux… Arrête! J'ai presque envie de câliner un morceau de granit!

Leonis et Menna accueillirent la répartie en riant. Le visage de Montu se rembrunit. D'une voix triste, il reprit:

— Tu sais, Leonis, j'ai un peu peur de ce qui viendra après. Je veux dire… lorsque la quête des joyaux sera terminée, j'ignore ce que je deviendrai… Tu es habile. Sur le chantier, c'est toi qui finissais les statues. Moi, je ne faisais que dégrossir les blocs de pierre. Je n'ai pas ton adresse… Mes parents m'ont vendu comme esclave. Je n'ai surtout pas envie de les revoir… Les aventures que nous vivons sont très dangereuses. Depuis le commencement de la quête, j'ai souvent eu très peur. Mais, pour la première fois de ma vie, j'ai l'impression d'être quelqu'un… Si tu abandonnais cette demeure, où irais-je habiter?

— Allons, Montu, répondit Leonis, tu sais bien que je ne t'abandonnerai jamais. Tu es comme un frère pour moi. Même si Pharaon nous apprenait qu'il n'a plus besoin de nous, j'imagine qu'il nous récompenserait pour tout ce que nous avons accompli pour l'Empire. Nous bâtirions une maison. Tu vivrais avec Tati et moi. Je voudrais m'installer non loin de Thèbes, car le tombeau de mes parents se trouve là-bas. Tu as encore le temps de songer à ce que tu feras dans quelques années… Pour ma part, je n'ai pas l'intention d'habiter un palais.

— Tu ne le ferais même pas pour Esa? lui demanda Montu.

Leonis médita un instant. Il fit non de la tête et expliqua:

— Durant notre longue absence, j'ai eu amplement le temps de réfléchir, mon ami. L'amour est une chose extraordinaire. Chaque fois que je regarde Esa, j'ai le sentiment que, pour qu'elle devienne ma femme, je serais capable d'affronter et de vaincre les armées de l'Empire. Dans mes songes, je discute avec Pharaon dans le but de le persuader de ma valeur. Les histoires que je m'invente finissent toujours très bien: Mykérinos me donne chaque fois une petite tape amicale dans le dos et il m'offre la main de sa fille en pleurant presque de joie… C'est ridicule… Quand l'amour occupe l'esprit, il en chasse le bon sens. En vérité, Esa et moi sommes seuls contre son père, le clergé et le peuple d'Égypte. Aujourd'hui, je suis conscient de mes forces. Je ne me considère plus comme un esclave. Je sais que je peux accomplir de grandes choses, et j'ai la ferme intention d'aller jusqu'au bout de mes capacités. Épouser la fille du roi ne fait pas partie des rêves que je pourrais réaliser. Esa m'oubliera. Elle m'a déjà dit que, si son père refusait de m'accorder sa main, je n'aurais qu'à l'enlever. Elle m'a assuré qu'elle serait prête à habiter dans une hutte pour vivre à mes côtés. Il s'agissait de belles paroles, mais je suis certain qu'elle ne pourrait pas envisager sérieusement une telle vie.

— En ce moment, sa vie n'est pas très amusante, observa Menna. Hier, avant d'entrer dans l'enceinte, j'ai discuté avec un soldat. Il m'a dit que, ces derniers mois, les adorateurs d'Apophis avaient pillé et brûlé quelques villages dans le delta du Nil. C'est la raison pour laquelle il y a autant de soldats dans la cité. Pharaon est très inquiet. Tous les membres de la famille royale sont confinés dans le palais. Même le jeune prince Chepseskaf, le probable successeur du roi, est ici. Malgré toutes les richesses qui l'entourent, Esa n'a même pas la possibilité de quitter la grande demeure. Les esclaves et les princes partagent au moins une chose : ils ne sont pas libres. Même lorsqu'elle est en or, une cage reste une cage. Je comprends que tu veuilles quitter cette demeure, Leonis. Si on me l'offrait, je la refuserais. J'aime les grands espaces. D'ici, on ne peut même pas apercevoir le Nil.

— Je me demandais pourquoi Esa n'était pas encore venue me rendre visite, dit l'enfant-lion. À présent, je comprends. Il faut avouer que, depuis mon arrivée, toute mon attention a été centrée sur ma petite sœur… En marchant dans les rues de Memphis, j'ai été étonné de voir autant de soldats. Je n'y ai plus songé par la suite. La bonne nouvelle qui m'attendait m'a frappé comme un coup de massue… Ainsi, les adorateurs d'Apophis ont commencé à s'en prendre au peuple… Il n'est pas dans leurs habitudes de livrer de tels assauts…

— Je n'en sais pas plus, Leonis, spécifia Menna. Les jumelles pourront peut-être nous renseigner sur ces attaques…

À ce moment, Mérit fit irruption sur la terrasse. La servante semblait embarrassée. Elle s'avança vers le trio et jeta :

— Le grand prêtre Ankhhaef est dans le hall, Leonis. Il veut te rencontrer… Il… il pleure comme un enfant.

Les aventuriers s'entre-regardèrent avec stupéfaction.

— Demande à Ankhhaef de venir nous rejoindre, fit Leonis d'une voix blanche.

Mérit acquiesça et réintégra la demeure. Quelques instants plus tard, le grand prêtre fit son apparition sur la terrasse. Il ne pleurait plus, mais son visage parcheminé était luisant de larmes. Il s'approcha du sauveur de l'Empire pour lui annoncer :

— Tu dois te rendre au temple de Sobek, enfant-lion. Il s'est passé d'horribles choses là-bas. Neferothep est mort. Quatre des hommes qui l'accompagnaient dans l'annexe ont subi le même sort… Un seul de ces vaillants soldats a survécu… Il est devenu fou… La malédiction de Rê est sur nous…

14
LE TEMPLE DE SOBEK

Leonis et Montu n'avaient encore jamais admiré le lac Mérioïr. Cette vaste nappe d'eau s'étendait au centre de la grande dépression naturelle que représentait le verdoyant Fayoum. En apercevant cette immense surface argentée sur laquelle s'entrelaçaient les éclatantes teintes du crépuscule, les deux amis avaient été vivement impressionnés. Menna leur avait appris que ce lac s'élargissait de beaucoup lorsque venait la crue du Nil. Les aventuriers, Sia, le grand prêtre Ankhhaef et les vingt-huit soldats de la garde royale qui les escortaient avaient passé la nuit dans un camp militaire situé au cœur de la plaine. À l'aube, ils avaient gagné le bord du lac. Une petite barque dotée de six rameurs les attendait. Les soldats de Mykérinos étaient retournés au camp. Une heure plus tard, l'enfant-lion et ses compagnons arrivaient en vue de l'îlot où s'érigeait le splendide temple de Sobek.

Après l'effrayante annonce que leur avait faite Ankhhaef, Leonis, Montu et Menna avaient pressé le grand prêtre de questions. Le pauvre homme n'avait cependant pas pu les éclairer sur les événements qui avaient entraîné la mort du commandant Neferothep et de quatre de ses soldats. Un messager était venu au palais afin de communiquer la triste nouvelle à Mykérinos. Cet émissaire ne pouvait expliquer ce qui s'était passé dans l'annexe. Il pouvait seulement répéter à Pharaon ce que juraient quelques prêtres, à savoir que le mal habitait la sépulture. Un tombeau avait été profané : les morts se vengeaient. Un des hommes de Neferothep était parvenu à fuir le tombeau. Mais ce malheureux délirait. Ses cheveux noirs étaient devenus blancs comme le lin. Ce phénomène, conjugué aux paroles superstitieuses des prêtres du temple, avait sapé le courage de la centaine de combattants présents sur l'îlot. Privés de leur chef, les soldats n'avaient pas osé pénétrer dans le bâtiment pour aller chercher les cadavres de leurs compagnons d'armes. Le roi avait aussitôt dépêché le commandant Inyotef sur les lieux. Il avait ensuite prié Ankhhaef de rencontrer Leonis. L'homme de culte devait s'efforcer de convaincre le sauveur de l'Empire de se rendre là-bas.

Bien entendu, l'adolescent n'avait pas refusé. Ce n'était toutefois pas de gaieté de cœur qu'il avait accédé aux vœux de Mykérinos. L'enfant-lion avait masqué sa crainte pour annoncer à Tati qu'il devait déjà repartir. La déception de la fillette était évidente. Leonis avait dû lui promettre de revenir très vite. Mais, à la lumière de ce qu'il avait appris, il était loin d'être convaincu de pouvoir respecter sa parole. Menna et Montu partageaient son angoisse. Le sorcier Merab avait-il quelque chose à voir dans ces tragiques événements? Sia ne pouvait guère l'affirmer. La sorcière d'Horus devait se rendre au temple pour en avoir le cœur net. Le groupe et son cortège de soldats s'étaient rapidement mis en route. Ils avaient atteint les abords du lac Mérioïr au coucher du soleil.

De loin, le gigantesque temple de Sobek semblait flotter sur les eaux. En s'approchant, on pouvait cependant distinguer la pierre de l'îlot sur lequel il avait été édifié. La construction était magnifique. Aucun mur d'enceinte ne l'entourait. De part et d'autre du portail flanqué de deux pyramides à degrés se dressaient dix colosses de pierre représentant le dieu-crocodile. Tandis que la barque progressait vers le lieu de culte, Ankhhaef avait expliqué:

— Ce temple a été construit au temps de Djoser. Le chantier était sous la supervision du grand architecte Imhotep. Les ouvriers travaillaient uniquement dans les derniers mois de Shemou[8]. Puisque nous sommes actuellement dans cette période, vous pouvez constater que le niveau du lac n'est pas très élevé. Une formidable digue partant du rivage permettait aux hommes de transporter les pierres et les statues jusqu'à l'îlot. Pendant la crue du Nil, les travaux étaient interrompus. La construction du temple de Sobek a duré treize ans. Lorsque le fleuve inonde les terres, le niveau du lac Mérioïr augmente de dix coudées. À cette période, l'îlot n'est plus visible et l'eau recouvre le sol de la grande salle hypostyle du temple.

Quand la barque fut amarrée au débarcadère de bois de la petite île, le grassouillet commandant Inyotef vint accueillir ses occupants. Il tendit la main au grand prêtre afin de l'aider à quitter l'embarcation. Ankhhaef le remercia d'un bref signe de tête et il s'empressa de l'interroger :

— Y a-t-il du nouveau, commandant ?

Inyotef secoua la tête d'un air désespéré. Sa voix était tremblante lorsqu'il répondit :

---

8. Dans l'ancienne Égypte, la saison de Shemou, de mars à juin, correspondait au temps des récoltes. Cette période se terminait par une sécheresse.

— Je ne peux que vous répéter ce que le messager nous a dit hier, grand prêtre. Cet homme avait raison : les soldats sont effrayés. Ils refusent tous de pénétrer dans l'annexe. Je les comprends, et je n'ai pas envie d'ordonner à qui que ce soit d'entrer là-dedans. J'ai vu le combattant qui se trouvait dans le tombeau au moment où ces... étranges choses se sont produites... Ce gaillard a les cheveux blancs. Ses yeux sont aussi inexpressifs que ceux d'un poisson. Parfois, il se met à hurler comme si on le torturait. Il dit que les esprits ont tué ses compagnons. Pour le reste, ce malheureux ne peut rien nous apprendre.

— Peut-on être sûr que Neferothep et ses soldats sont morts ? demanda Leonis. Puisque personne n'est allé vérifier, il se peut bien que ces hommes soient simplement emprisonnés dans l'annexe...

Inyotef tourna lentement les yeux vers l'enfant-lion. Son visage exprimait la surprise. Il esquissa un faible sourire avant de demander :

— Que faites-vous ici, mon garçon ?

— Le moment n'est pas propice aux explications, intervint Ankhhaef. Sachez néanmoins que, si Leonis est ici, c'est qu'il s'agit probablement du seul être qui puisse nous venir en aide.

— C'est bien, fit le commandant sans s'interroger davantage. En ce qui me concerne, je crois que je ne peux rien faire de plus. Si seulement je savais ce que Neferothep fabriquait dans ce tombeau… Pour répondre à la question de Leonis, il est vrai que personne n'est entré dans l'annexe pour voir si ces hommes sont bel et bien morts. Je ne me suis même pas approché du passage qui y conduit. Maintenant, s'il existe des volontaires pour aller vérifier ce qui se passe à l'intérieur de ce tombeau, je ne m'y opposerai pas. Je serai par contre très inquiet pour ces inconscients.

— Où se trouve le survivant ? l'interrogea le grand prêtre.

— Il est dans une pièce qui donne sur le dortoir du temple. C'est dans cette chambre qu'on soigne les malades. Il a été ligoté. Il se débattait avec tant de vigueur qu'il aurait certainement fini par se blesser. Ce pauvre type ne vous apprendra rien. Il est horrible à voir… Vous feriez peut-être mieux…

— Conduisez-nous à lui, trancha Ankhhaef.

Le commandant haussa les épaules. Il convia le grand prêtre à le suivre. Leonis, Montu, Menna et Sia accordèrent leurs pas à ceux des deux hommes. Ils grimpèrent quelques marches façonnées dans la pierre avant de longer la majestueuse façade du temple de Sobek. Le dortoir était aménagé dans un bâtiment trapu qui jouxtait le lieu de culte. L'endroit était dépouillé. Une vingtaine de nattes s'alignaient sur le sol dallé. Inyotef s'immobilisa. Il indiqua une porte qui se découpait dans la cloison de calcaire. À voix basse, il dit:

— Le survivant se trouve dans cette chambre. Un soldat le surveille. Il doit dormir. Sinon nous l'entendrions crier.

Ankhhaef franchit le seuil. Leonis et ses compagnons en firent autant. Quelques lampes à huile diffusaient un éclairage faible et jaunâtre dans la vaste pièce sans fenêtre. Un prêtre marcha à la rencontre d'Ankhhaef. Il le salua en murmurant:

— Soyez le bienvenu au temple de Sobek, grand voyant Ankhhaef. Votre dernière visite remonte à quelques années déjà. Vous ne vous souvenez sans doute pas de moi… Je suis Iri, le prêtre-guérisseur…

— Je me souviens de vous, Iri, assura Ankhhaef avec un sourire.

— Vous venez évidemment pour voir ce pauvre soldat…

— En effet, mon ami, dit le grand prêtre.

Iri s'écarta pour désigner une forme étendue dans un coin de la pièce. Près du malade se tenait un combattant. Leonis s'approcha de l'infortuné. Lorsqu'il posa le regard sur lui, il ne put réprimer un frisson. La peau de cet homme était d'une pâleur étonnante. On eût dit qu'il avait été vidé de son sang. Ses yeux hagards fixaient le vide. Comme l'avait mentionné Inyotef, sa chevelure était blanche. Derrière le sauveur de l'Empire, la voix de Menna se fit entendre :

— Djâou… C'est Djâou… J'ai dû affronter cet homme pour persuader Neferothep que j'étais suffisamment fort pour devenir ton protecteur, Leonis… Je l'ai vu à l'œuvre… Peu de soldats seraient parvenus à vaincre ce gaillard.

— Ses… ses cheveux, balbutia Montu, pourquoi sont-ils si blancs ?

— Ce pauvre homme a eu très peur, répondit Sia. Il n'est pas mort, mais il demeurera toujours ainsi. La terreur a anéanti sa raison… Je ne peux malheureusement pas sonder ses pensées, mes amis… car il n'en a plus.

Djâou eut un soubresaut. Dans un hurlement rauque, il cracha :

— Nykarê est mort ! Tjetji est mort ! Nebptah est mort ! Goua est mort ! Neferothep est mort ! Les esprits les ont tués ! J'ai vu ! J'ai vu les esprits !

Menna s'approcha de Djâou. Il se pencha sur lui et dit doucement :

— Djâou. Calme-toi, Djâou.

— Les esprits les ont tués! s'écria le dément. J'ai vu! J'ai vu les esprits!

Djâou fut pris de violentes convulsions. Une écume blanchâtre apparut aux commissures de ses lèvres. Menna recula. Son visage était ravagé par la peur et le chagrin.

— Un homme de sa qualité…, lâcha-t-il dans un souffle.

— Il n'y a plus rien à faire pour lui, mon brave, soupira Sia en caressant les cheveux de Menna.

La sorcière se tourna vers Leonis pour déclarer:

— Je vais demander au commandant Inyotef de me conduire devant l'entrée de l'annexe. Ce pauvre soldat n'a aucun indice à me révéler.

— Nous allons t'accompagner, Sia, proposa l'enfant-lion.

— J'aimerais y aller seule, mon ami. Je devrai me concentrer très fort pour sonder ce tombeau.

Le sauveur de l'Empire fit un signe affirmatif de la tête. Sia quitta la pièce d'un pas vif pour rejoindre le commandant Inyotef qui attendait dans le dortoir. Menna fixait Djâou en serrant les poings. Il jeta entre ses dents:

— Tu n'entreras pas dans cette annexe, Leonis! J'irai, s'il le faut, mais tu ne mettras pas les pieds dans cet endroit maudit!

— Je suis l'élu, Menna. Si quelqu'un doit pénétrer dans ce tombeau, c'est moi.

— Je t'en empêcherai, Leonis! s'exclama Menna. Je me moque bien que tu sois l'élu!

Une voix nasillarde s'éleva à quelques pas d'eux.

— L'élu! Parlez-m'en, de l'élu! Il n'est jamais venu! Les gardiens sont morts pour rien! Pour rien, je vous dis!

Leonis et ses compagnons se retournèrent pour apercevoir le très vieil homme qui gisait à l'autre extrémité de la pièce. Iri, le prêtre-guérisseur, les avertit:

— Il ne faut pas écouter ce que raconte le vénérable Sensobek. Ses idées ne sont plus très claires. Il est aveugle et il n'entend presque rien. Vous avez parlé trop fort et…

Leonis ne prêtait aucune attention aux paroles d'Iri. Son visage était grave. Il s'avançait résolument vers le vieux Sensobek.

15
LE VIEIL AVEUGLE

— L'élu n'est jamais venu! clama de nouveau le vieillard. Maintenant, il est trop tard! Trop tard, je vous dis! D'autres sont venus! Mais ils ont subi la colère des gardiens! Je le sais! Ce dément qui est arrivé hier ne cesse de dire qu'il a vu les esprits. Il dit aussi que les esprits ont tué!

Leonis s'accroupit auprès de Sensobek. Ce dernier sentit sa présence. Il tourna ses yeux aveugles vers le sauveur de l'Empire. Un voile jaunâtre couvrait entièrement ses iris. Soudainement, sa main rachitique agrippa le bras de Leonis. Ses ongles s'enfoncèrent dans la peau de l'adolescent qui eut un rictus de douleur. Malgré tout, l'enfant-lion ne bougea pas. Sensobek lui demanda:

— Qui êtes-vous?

— Je suis Leonis.

— Parlez plus fort! Je suis sourd comme un sycomore!

— Je suis Leonis! cria le garçon.

— Selonis! Quel nom ridicule! Moi, je suis Sensobek! Je suis un prêtre-lecteur qui ne peut plus rien lire depuis bien longtemps!

— Parlez-moi de l'élu, vénérable Sensobek! Que savez-vous au sujet des gardiens?

— Les gardiens! Vous avez bien dit «les gardiens», Selonis?

— Oui, Sensobek! hurla l'enfant-lion. Qui étaient ces gardiens? Est-ce qu'ils avaient la tâche de garder un coffre?

Le vieil aveugle avait sursauté. Sa main aux ongles acérés abandonna le bras du sauveur de l'Empire. Il gratta longuement son crâne clairsemé et se racla la gorge avec application. Durant un moment interminable, il demeura muet. Leonis avait l'impression que Sensobek n'avait plus conscience de sa présence. Il s'apprêtait à rafraîchir la piètre mémoire du vieillard quand celui-ci prononça enfin:

— Le coffre... Le héron, le lion et la vache... Le héron, le lion et la vache...

Iri, le prêtre-guérisseur, toucha l'épaule de Leonis.

— Vous voyez bien, glissa-t-il, Sensobek n'a plus toute sa raison. Il est très vieux. J'ignore ce que vous tentez de lui faire avouer, mais vous perdez votre temps, jeune homme.

— Ce garçon sait ce qu'il fait, s'interposa Ankhhaef. Sensobek en a déjà suffisamment dit pour nous intéresser, Iri.

Avec une moue de méfiance, le prêtre-guérisseur recula de quelques enjambées pour rejoindre Ankhhaef. Le vieil aveugle demanda :

— Que savez-vous à propos du coffre, Selonis ? Comment pouvez-vous connaître son existence ?

L'enfant-lion se retourna pour consulter Ankhhaef du regard. Le grand prêtre fit un mouvement du menton pour lui signifier qu'il pouvait parler. Leonis approcha sa bouche de l'oreille du vieillard. Il lui expliqua d'une voix forte :

— Je connais l'existence du coffre parce que je suis l'élu ! J'ai déjà retrouvé deux coffres ! Je suis venu chercher le héron, le lion et la vache ! Je dois connaître l'histoire des gardiens, vénérable Sensobek !

Le vieux s'accorda un autre long moment de réflexion. Ensuite, il éclata d'un rire grinçant qui mourut dans un virulent accès de toux. Le visage de Sensobek devint cramoisi. Le prêtre-guérisseur fit le geste de s'élancer vers lui. Ankhhaef le retint. L'aveugle reprit son souffle. Sa figure était hilare. Des larmes emplissaient ses yeux sans vie. Il parvint à répliquer :

— Vous êtes un affreux menteur, Selonis ! Si vous êtes vraiment l'élu, moi, je suis un crocodile ! Je vais quand même vous raconter l'histoire des gardiens ! Personne ne m'écoute plus depuis des années ! J'ai des champignons sur la langue, tellement elle ne sert plus à rien ! Vous êtes peut-être un affreux menteur, mais j'apprécie votre visite !

— Parlez, Sensobek ! Je ne douterai pas de vos paroles !

Le vieillard bomba son torse maigre. Ses traits devinrent sérieux. Sur un ton rempli d'orgueil, il lança :

— Je suis un grand homme ! Je suis le plus vieux prêtre de ce temple ! Je suis probablement le plus vieil homme d'Égypte ! J'ai presque un siècle de vie, vous savez ? Ce n'est pas rien, ça ! La grande pyramide de Khéops ne serait pas assez grande pour y graver le récit de tout ce que j'ai vu ! Écoutez-moi bien, Selonis ! Ma parole est un trésor qu'on néglige ! Vous êtes très privilégié de me rencontrer !

Le vieil aveugle s'égara encore une fois dans un silence à n'en plus finir. Le sauveur de l'Empire jouait nerveusement avec ses doigts. Sensobek passa la langue sur ses lèvres rêches. Il reprit, d'une voix si basse qu'il ne devait pas s'entendre parler :

— Je n'avais que cinq ans lorsque mon père m'a confié aux prêtres du temple de Sobek. À cette époque, les gardiens occupaient déjà l'annexe, mais je ne l'ai appris que trois ans après mon arrivée. Vous avez parlé d'un coffre, Selonis. Ce coffre existe bel et bien... Il a jadis été confié au grand prêtre Méryrêhashtef par le roi Djoser. Il a été dit que Rê avait offert un présent divin au roi Djoser. Il s'agissait d'une table de granit sur laquelle reposaient douze joyaux magnifiques. Le dieu-soleil a dit au roi que la table était en vérité un autel, et que les joyaux qui l'accompagnaient représentaient l'offrande que le souverain d'Égypte aurait à livrer sur cet autel lorsque le temps serait venu de laver ses fautes. Djoser s'est défendu auprès de Rê. Il a dit qu'il n'avait pas commis la moindre faute susceptible de déplaire au dieu des dieux. Rê a dit que cette faute n'avait pas été encore commise, et que l'offrande devrait être posée sur l'autel longtemps après que Djoser aurait rejoint son monument d'éternité... Rê a aussi dit que les douze joyaux devaient être cachés afin que, plus tard, le roi fautif ne soit pas en mesure de les retrouver lui-même. Il a dit qu'un élu viendrait. Seul cet élu pourrait réunir les douze joyaux... Vous devez vous demander comment il se fait que je sache tout cela, Selonis… Au temps où je n'étais qu'un enfant, les gardiens ont fait de moi l'un de leurs apprentis. Ils m'ont alors tout raconté sur l'histoire des joyaux… M'écoutez-vous toujours, Selonis ?

— Je vous écoute, vénérable Sensobek ! Je connais l'histoire de la table solaire et des douze joyaux ! Je sais aussi que Djoser a séparé les joyaux pour les mettre dans quatre coffres ! Ces coffres ont été confiés à quatre prêtres ! Mais je n'avais jamais entendu parler des gardiens ! Qui étaient-ils ?

— Soyez patient, Selonis ! Vous connaissez bien des choses, à ce que je constate ! Mais cela ne veut pas dire que vous êtes l'élu ! Je vous répète que, si vous êtes l'élu, moi, je suis un crocodile !

Une nouvelle fois, Sensobek s'époumona dans un éclat de rire. Il poursuivit sur le ton de la confidence :

— Comme vous le dites, le roi Djoser a confié quatre coffres à quatre prêtres. J'ignore où sont passés les autres coffres. Mais je sais ce qui est advenu de celui que Djoser a remis à Méryrêhashtef. Ce grand prêtre considérait que la responsabilité d'un objet aussi important pour l'avenir de la glorieuse Égypte ne pouvait reposer entre les mains d'un seul homme. Il a été dit que les autres coffres avaient simplement été cachés par ceux qui les détenaient. Méryrêhashtef se refusait à agir ainsi. Il se disait que, quand l'élu viendrait, ce dernier saurait faire la preuve de sa divinité. À quoi bon dissimuler le coffre et risquer de perdre sa trace? Il suffisait de bien le surveiller. Méryrêhashtef aurait pu veiller sur le coffre toute sa vie, mais il n'était pas immortel...

Le vieil aveugle tendit la main vers un gobelet d'eau qui se trouvait près de sa couche. Il tâtonna un peu. Ses doigts tremblants portèrent le récipient à ses lèvres et il but. Il déposa ensuite le gobelet à l'endroit exact où il l'avait pris. Lorsque cela fut fait, il continua son récit:

— Méryrêhashtef songeait que, si l'élu ne venait pas de son vivant, il devrait confier le précieux objet à un éventuel successeur. Mais ce successeur aurait-il été digne de la confiance du grand prêtre? L'objet représentait un inestimable trésor qui pouvait rendre un homme très riche! Nombreux sont ceux qui auraient renié leur père, leur mère et leur dieu pour beaucoup moins que cela! C'est la raison pour laquelle Méryrêhashtef a réuni les cinq gardiens. Il a d'abord demandé au roi Djoser de faire aménager l'annexe construite dix ans auparavant par le grand architecte Imhotep. Le coffre a été dissimulé dans une minuscule chambre secrète. La porte qui y conduit n'est pas visible. Un dispositif compliqué devait permettre aux cinq gardiens de révéler ce passage. Chaque gardien possédait une clé lui permettant d'actionner une partie du dispositif. Ainsi, il aurait été impossible qu'un seul d'entre eux ait accès au coffre. C'était une excellente idée! Celui qui devenait un gardien le restait toute sa vie. Il devait désigner son successeur parmi les novices du temple de Sobek. On appelait ces jeunes gens «les apprentis». Durant près de quatre-vingts années, les choses se sont déroulées comme l'avait envisagé le grand prêtre Méryrêhashtef. À la mort d'un gardien, son apprenti le remplaçait. Et tout cela perdurait dans le plus grand secret… C'est le pharaon Khéops qui a mis un terme à l'existence des gardiens…

Le vieux fut forcé de s'interrompre. Les hurlements du pauvre soldat Djâou retentirent dans la pièce:

— Nykarê est mort! Tjetji est mort! Nebptah est mort! Goua est mort! Neferothep est mort! Les esprits les ont tués! J'ai vu! J'ai vu les esprits! J'ai vu les esprits! Les esprits!

Le silence revint. La mèche d'une lampe crépita. Sensobek hocha la tête avec tristesse. Il déclara:

— Pauvre homme. Si on me l'avait demandé, j'aurais répondu qu'il ne fallait pas pénétrer dans le tombeau des gardiens. Autrefois, il s'y produisait de troublants phénomènes… Ces manifestations n'étaient pas fréquentes, mais j'en ai été témoin. J'ai toujours su que les esprits n'avaient pas quitté le tombeau. L'élu n'est jamais venu. Les gardiens n'ont jamais pu accomplir leur tâche. Khéops les a condamnés à une mort atroce… Si j'avais été parmi eux, je serais mort. Mais je n'étais pas dans l'annexe, ce jour-là… Les apprentis étaient remplacés tous les cinq ans. Celui qui devenait un gardien devait être très jeune. Idéalement, il était censé occuper son poste le plus longtemps possible. Lorsqu'un gardien ne se sentait plus apte à accomplir les rituels qui se rattachaient à sa tâche, il la confiait à un successeur n'ayant pas plus de treize ans… J'avais quinze ans quand tout est arrivé…

Un matin, Khéops est venu visiter le temple de Sobek. C'était la troisième fois, peut-être, qu'il venait célébrer le culte sur le grand lac. Or, ce jour-là, il a visité l'annexe pour la première fois. Ce qu'il a vu l'a étonné. À l'origine, ce bâtiment avait été construit pour servir d'école aux prêtres de notre temple. Bien entendu, depuis qu'il était occupé par les gardiens, il ne ressemblait plus du tout à un lieu d'apprentissage. Chaque gardien se vouait à une divinité différente. Les cinq hommes possédaient des bâtons sculptés à l'effigie de leurs dieux respectifs. L'annexe était richement décorée. L'une de ses pièces renfermait cinq statues. Elles représentaient Rê, Osiris, Isis, Seth et, bien sûr, Sobek. Devant chaque statue, sur le sol, se trouvait un plateau de bronze. C'est dans ces plateaux que les gardiens devaient déposer leurs clés… Khéops a demandé des explications aux gardiens. Ceux-ci ont prié le souverain de croire en leur immense respect. Ils lui ont cependant répondu qu'ils devaient conserver le secret sur la mission qui leur avait été confiée. Khéops a insisté. Ils se sont entêtés à garder le silence. Les prêtres du temple de Sobek connaissaient la mission des gardiens, mais ils avaient prêté serment de ne rien révéler à propos du coffre. Le grand voyant du temple a menti à Khéops en lui disant qu'il ne savait que peu de choses sur ces hommes. Étant donné qu'ils occupaient l'annexe depuis le règne de Djoser, ils devaient être investis d'une obscure tâche divine. Le grand voyant a conseillé au pharaon de consulter les archives du clergé. S'il existait une réponse, c'était sans doute là qu'elle se trouvait… Khéops était très en colère. Avant de quitter le temple, il a interrogé les gardiens une dernière fois. Essuyant un nouveau refus, il a ordonné à ses soldats de donner trente coups de fouet à chacun des gardiens et à chacun des apprentis. Il a affirmé qu'il reviendrait… Il est revenu le mois suivant. Cent hommes l'accompagnaient. Le grand lac était haut. Les barques royales étaient suivies de bateaux lourdement chargés de grosses pierres. Le roi est entré dans l'annexe pour voir si les gardiens consentiraient enfin à lui divulguer la vérité. Ils n'ont rien dit. Khéops a décidé que l'annexe deviendrait leur tombeau. Ces malheureux ont été emmurés… L'un des gardiens était absent. Une semaine avant ce triste jour, il avait dû rejoindre le Fayoum afin d'y être soigné. Les blessures causées par le fouet s'étaient infectées. Lui et son apprenti ont donc échappé à la mort. Ils n'ont jamais regagné le temple…

— C'est terrible, soupira l'enfant-lion.

— Que dites-vous, Selonis? demanda le vieillard.

— Je dis que cette histoire est horrible! cria Leonis.

— Oui… bien sûr… cette histoire est pénible à raconter. Je suis le seul homme qui puisse encore témoigner de ces tristes événements. Avec le temps, ces souvenirs se sont perdus. De nos jours, les prêtres qui habitent ce temple croient que l'annexe a été transformée en tombeau parce qu'elle ne servait plus. J'ai souvent tenté de raconter ce récit à ces gens, mais ils s'en moquent. Ils pensent que je divague. Mais vous, Selonis, vous m'avez prêté votre oreille. Vous êtes bon… Dites-moi que vous n'allez pas entrer dans l'annexe…

— Je vais entrer dans l'annexe, Sensobek! Je dois rapporter le coffre!

Le vieil aveugle ébaucha un sourire résigné pour dire:

— Au temps des gardiens, seul l'élu aurait pu rapporter le héron, le lion et la vache. Les cinq gardiens possédaient les clés qui auraient permis d'atteindre le coffre. Mais seulement quatre gardiens ont été enfermés dans ce tombeau. Même si vous arriviez jusqu'à la salle dans laquelle se dressent les statues, il vous manquerait une clé. Vous ne survivrez pas, Selonis!

— Je dois rapporter ce coffre, Sensobek! Je suis l'élu!

Sans rire, cette fois, le vieillard répéta:

— Alors, si vous êtes l'élu, c'est que je suis un crocodile.

Le vieux passa une main sous sa natte. Il tendit sa paume vers Leonis. Elle contenait trois dents énormes, jaunes et pointues.

— Ce sont des dents de crocodile, expliqua Sensobek. Elles m'ont toujours porté chance. Je vous les offre. Vous en aurez sûrement besoin. Celui que Rê avait annoncé devait prouver aux gardiens qu'il y avait quelque chose de divin en lui. Aujourd'hui, j'ai l'impression que même l'élu ne pourrait apaiser leur colère... Adieu, brave Selonis. Nous nous reverrons peut-être dans le royaume des Morts...

16
L'APPARITION

L'annexe avait vaguement la forme d'un sarcophage. Ses fenêtres obstruées par des pierres plus pâles que celles de l'ensemble du bâtiment faisaient un peu songer aux yeux aveugles du vieux Sensobek. Le sauveur de l'Empire et ses compagnons rejoignirent Sia. Une quinzaine de prêtres observaient la femme. Ils demeuraient toutefois à bonne distance de l'annexe. La sorcière, elle, se tenait à dix longueurs d'homme de l'entrée du tombeau des gardiens. Les mains plaquées sur ses tempes, elle plissait les paupières dans un violent effort de concentration. Les aventuriers et le grand prêtre Ankhhaef la virent baisser lourdement les bras en signe d'abdication. Elle tourna vers eux son visage couvert de sueur et annonça :

— Ils sont là, mes amis. Je parle des esprits… Je ne suis pas parvenue à entrer en contact avec eux. Ils me repoussent. Des forces très malsaines occupent ce tombeau… Tu comptes toujours y pénétrer, Leonis ?

L'angoisse se lisait sur la figure de l'enfant-lion. Sa respiration était saccadée. Sa voix tremblait lorsqu'il jeta :

— Je crève de peur, Sia. As-tu déjà eu affaire à des esprits ? À quoi dois-je m'attendre ?

— Je suis déjà entrée en contact avec des esprits, Leonis. La plupart du temps, ces âmes errantes ne rejoignent pas le royaume des Morts parce qu'il leur reste une importante tâche à achever dans le monde des vivants. C'est probablement le cas des esprits qui hantent ce tombeau… Seulement, j'ai pu ressentir leur fureur. Derrière cette porte, le mal est si présent qu'il en est douloureux… À mon avis, si tu trouvais le coffre, ces âmes seraient délivrées de leur tâche… J'ai tenté de communiquer avec elles pour leur signifier que nous voulons les libérer. Je vais faire un dernier essai. Si j'arrivais à t'ouvrir le chemin, j'ai la conviction que tout danger serait écarté.

Sia s'avança vers la porte. Celle-ci était encore presque entièrement bouchée par de lourds blocs de granit. À sa base, un étroit passage avait été creusé par les ouvriers qui accompagnaient l'expédition du commandant Neferothep. Les travailleurs, à coups de maillet et de ciseau de cuivre, avaient eu beaucoup de mal à percer cet imposant ouvrage de maçonnerie. Après avoir complètement dégagé un premier bloc de pierre, ils avaient constaté qu'un autre se trouvait derrière. Ce n'est qu'après avoir traversé une troisième rangée de granit qu'ils avaient enfin libéré l'accès au tombeau. Sia s'immobilisa à quelques coudées du passage. Elle ferma les yeux et se concentra. Ses lèvres commencèrent à remuer. Elle chuchotait. Ankhhaef, Leonis, Montu et Menna la considéraient avec gravité. Soudain, la sorcière eut un haut-le-corps. Sa tête s'inclina vers l'arrière et elle ouvrit les bras en croix. Ses murmures se transformèrent en paroles inintelligibles. Son étrange soliloque se poursuivit un moment. Elle sursauta une nouvelle fois avec violence. Une longue plainte gutturale émana de sa gorge. Avec terreur, les témoins virent un filet de sang jaillir de son nez. Sia poussa un hurlement strident. Elle tomba à la renverse et s'effondra sur le sol. Étendue sur le dos, elle battait des bras comme si elle cherchait à repousser un assaillant invisible. Leonis s'élança vers elle pour s'agenouiller à ses côtés. La sorcière s'agita encore un peu. Elle avait le souffle court et le regard effaré.

Elle reprit lentement son calme avant de s'asseoir. Du revers de la main, Sia essuya le sang qui maculait sa lèvre supérieure. Ensuite, d'une voix rauque, elle lança à Leonis :

— Je suis désolée, enfant-lion, je ne peux rien faire devant de telles forces. Tu... tu ne dois pas y aller.

Le sauveur de l'Empire se leva. Il observa le passage en se mordant les lèvres. Il passa une main nerveuse dans ses cheveux et heurta le sol d'un pied rageur. Ses yeux se posèrent de nouveau sur la sorcière d'Horus. Il semblait sur le point de fondre en larmes lorsqu'il déclara :

— Le coffre se trouve dans cette annexe, Sia. J'aimerais mieux me faire arracher les ongles que de franchir ce passage. Mais je n'ai pas d'autre choix...

— J'irai ! aboya Menna.

— Tu resteras ici, Menna ! répliqua Leonis. Tu as entendu ce que le vieux Sensobek a dit lorsqu'il a parlé de l'élu ! Le seul d'entre nous qui pourrait rapporter le coffre, c'est moi !

Leonis fixa Ankhhaef dans les yeux pour poursuivre :

— Ce vieil homme nous a appris de nombreuses choses, grand prêtre. Au moins, maintenant, nous savons que la tâche de retrouver les joyaux ne doit pas être confiée à n'importe qui.

— Je l'ai toujours su, Leonis, répondit Ankhhaef en baissant la tête. J'ai fait de mon mieux pour convaincre Pharaon. Ne doute pas de moi, mon garçon. Ce que nous a dit ce vieux prêtre n'était pas mentionné dans les archives du royaume. Après l'annonce de ta venue, nous avons mené de sérieuses recherches… Néanmoins, les renseignements que nous avons obtenus étaient très maigres. Après ce qui vient de se passer, Mykérinos aura sûrement compris que cette quête ne peut appartenir qu'au sauveur de l'Empire…

— Il faudra d'abord que je rapporte le troisième coffre, fit observer Leonis dans un soupir. Si je ne ressors pas de ce tombeau, la glorieuse Égypte connaîtra sa fin… Il nous reste encore une mince chance… Je n'ai pas le droit de la gâcher…

L'enfant-lion tendit la main pour aider Sia à se relever. Il se dirigea ensuite vers ses compagnons. Montu pleurait. Menna serrait les mâchoires. Ils s'enlacèrent avec force. Le sauveur de l'Empire s'adressa à Ankhhaef :

— J'espère que nous nous reverrons, grand prêtre. Au cas où les choses tourneraient mal, je voudrais que vous transmettiez mes dernières volontés à Pharaon…

L'homme de culte hocha sèchement la tête. Leonis enchaîna :

— Je veux que Tati ne manque jamais de rien. La demeure dont je dispose doit lui revenir. Raya et Mérit veilleront sur elle. Je tiens à ce que ma petite sœur apprenne l'écriture et qu'elle profite des meilleurs soins. Je veux aussi que Montu et Menna soient récompensés à leur juste valeur pour les services qu'ils ont rendus au royaume d'Égypte… C'est tout, je crois. Je dois y aller, à présent.

À l'aide d'un bois de feu, Menna alluma une lampe qui se trouvait sur les lieux. Il la tendit à Leonis qui le remercia en silence. Le sauveur de l'Empire se dirigea vers le trou conduisant au tombeau des gardiens. Il posa la lampe dans le passage étroit. Lorsqu'il se mit à plat ventre pour s'y glisser, il ressentit une douleur aiguë près du nombril. Avec une grimace, il palpa le revers de son pagne. Les trois dents de crocodile que lui avait offertes Sensobek étaient dissimulées dans un repli du tissu. Le vieux avait prétendu qu'elles lui porteraient chance. Leonis ne pouvait que l'espérer. L'enfant-lion franchit le passage en rampant. Il pénétra dans l'annexe et se leva précautionneusement pour ne pas noyer la mèche de sa lampe. La première chose qu'il vit lui arracha un petit cri d'affolement.

À quelques pas devant lui se trouvait un cadavre. Il devait s'agir de la dépouille de l'un des soldats du commandant Neferothep. Le mort était couché sur le dos. Un voile sanglant recouvrait son visage. Sa tête s'inclinait dans un angle impossible : le malheureux s'était rompu le cou. Sa main droite était fermée sur une lance. La terreur des derniers instants qu'il avait vécus marquait toujours ses traits. Sa bouche s'ouvrait dans un cri muet. Leonis détourna les yeux avec répulsion pour tomber sur une image plus abominable encore. Sur sa gauche, il y avait un bras. Juste un bras. Le membre livide avait été sectionné à la hauteur du biceps. Il reposait au centre d'une auréole rougeâtre. L'adolescent eut un haut-le-cœur. Il porta sa main à sa bouche et faillit renverser l'huile de sa lampe. Il ferma les yeux un moment pour tenter de se calmer.

— C'est… c'est horrible, balbutia-t-il. Qu'est-il arrivé à ces pauvres hommes ? Bastet… Protégez-moi, Bastet…

Un rire d'enfant se fit entendre dans la salle. C'était un rire cristallin, léger et joyeux. Leonis plissa les paupières pour scruter les ténèbres. Le rire fusa de nouveau.

— Qui est là ? lança le garçon. Montrez-vous, je vous prie !

Sa voix se répercuta dans la pièce. Seul un autre éclat de rire enfantin lui répondit. En quelques pas peu assurés, le sauveur de l'Empire s'éloigna du passage par lequel il était venu. Il répéta :

— Qui est là ?

Un puissant courant d'air souffla la flamme tremblotante de la lampe à huile. Perclus d'épouvante, Leonis s'immobilisa dans le noir. Une lueur subite éclaira une partie de la salle. L'enfant-lion sursauta et laissa tomber sa lampe. Une torche accrochée au mur venait de s'enflammer d'elle-même. D'autres torches s'allumèrent. Leonis put alors examiner en détail le décor qui l'entourait. Comme il avait pu le constater grâce à la résonance de sa voix, la salle était vaste. De larges piliers rectangulaires soutenaient la voûte. Les murs étaient ornés de scènes colorées et de symboles hiéroglyphiques. Il y avait de nombreuses statues du dieu Sobek dans la pièce. Certaines d'entre elles étaient intactes. Elles se dressaient le long des cloisons. Les autres effigies n'étaient plus que débris. On eût dit qu'elles avaient été jetées du haut d'une falaise, tellement elles étaient endommagées. Sous l'éclairage des torches, l'adolescent put voir les corps de Neferothep et de ses hommes. Avec un frisson, il constata que le bras sectionné était celui du commandant. Le socle de l'une des statues mutilées écrasait la poitrine du chef de la garde royale. Un moignon ignoble et violacé apparaissait sous un angle de la pierre peinte en noir. Le rire d'enfant tira Leonis de sa dégoûtante contemplation. En se retournant, il sentit ses cheveux se dresser sur sa tête.

Le sauveur de l'Empire n'avait jamais vu un esprit. Toutefois, il ne pouvait douter du fait qu'il en avait actuellement un sous les yeux. L'apparition était blanche comme une écume. Ses contours étaient légers comme une fumée. La silhouette du personnage et les détails qui le caractérisaient étaient cependant bien distincts. Le spectre avait l'apparence d'un garçon de neuf ou dix ans. Il avait un visage rond et souriant. L'enfant portait une longue robe. Ses pieds nus flottaient dans le vide, à une largeur de paume du sol de dalles. Il s'approcha de Leonis, s'arrêta et leva la tête. L'enfant-lion ne vit pas les lèvres du spectre bouger. Il perçut pourtant une voix d'enfant qui demandait :

— Veux-tu jouer avec moi ?

— Qu… qui es… qui es-tu ? bégaya Leonis.

Le spectre ignora la question. Un soupir se fit entendre et la voix déclara :

— Ils sont venus. Ils nous ont tués. Les gardiens sont en colère, maintenant.

— Je… je suis venu vous délivrer, annonça l'élu qui tremblait de tous ses membres.

Le visage de l'enfant devint triste. Des larmes opalescentes glissèrent sur ses joues vaporeuses. L'espace d'un battement de cœur, Leonis eut envie de lui ouvrir ses bras. Il n'en fit rien cependant. La figure du gamin se crispa dans un rictus de fureur. La voix était devenue éraillée et stridente. Elle criait :

— Ils nous ont tués ! Ils nous ont tués ! Les gardiens sont très en colère maintenant !

Ce qui se passa ensuite plongea l'enfant-lion dans une indescriptible terreur. Il vit le beau visage de l'enfant se recroqueviller comme un morceau de papyrus dans le feu. Son joli nez se froissa. Ses yeux disparurent dans ses orbites, et ses dents se révélèrent entièrement. Quelques instants plus tard, une momie s'agitait devant l'adolescent. Les mains squelettiques du spectre balayaient l'air avec hargne. Leonis avait reculé de quelques pas. Son cœur battait à tout rompre. L'apparition se dissipa. Le rire cristallin, léger et joyeux éclata une nouvelle fois. Après cet instant à faire frémir, l'horreur atteignit son paroxysme.

17

LA COLÈRE
DES GARDIENS

La scène à laquelle Leonis venait d'assister l'avait tellement épouvanté qu'il n'arrivait plus à bouger. Ses jambes étaient molles. Il fixait le vide à l'endroit où le spectre s'était volatilisé. Ses oreilles percevaient maintenant un bruit ténu, mais il n'y prêtait pas attention. Ce crépitement se distinguait à peine de celui des torches. Le bruit s'accentua. Il semblait provenir des quatre coins de la grande salle. L'enfant-lion émergea lentement de sa stupeur. Il examina la pièce sans pouvoir localiser la provenance du grésillement. Soudain, il aperçut une bande sombre au pied d'une cloison. Cette bande s'élargissait peu à peu. Leonis crut tout d'abord qu'il s'agissait d'un liquide. Cela faisait songer à une encre noire, luisante et visqueuse. En pivotant sur lui-même, il vit que cette source opaque longeait la base de chaque mur. Elle semblait jaillir de la pierre. Le sauveur de l'Empire s'approcha pour examiner le phénomène. Il eut un vif mouvement de recul en prenant conscience qu'il était entouré de scorpions. Il y en avait des milliers, tellement serrés les uns contre les autres qu'il était impossible d'apercevoir les dalles pâles à travers la nappe grouillante qu'ils formaient.

Leonis tourna les yeux vers la sortie. Il constata que toute retraite lui était impossible. D'instinct, il saisit un morceau de statue qui se trouvait à sa portée. Il le lança dans le flot des scorpions. Ce geste provoqua une trouée, mais la nappe se recomposa aussitôt. Le cercle se refermait dramatiquement sur le malheureux. Les scorpions n'étaient plus qu'à une longueur d'homme de lui. Leonis paniqua. Dans un élan insensé, il se rua vers la sortie. Il ne put faire que quelques pas. Les scorpions roulaient comme des cailloux sous ses pieds. Il glissa et tomba sur le dos. La marée frémissante l'engloutit tout de suite. Le sauveur de l'Empire se mit à hurler en battant des bras. Il ferma les paupières de peur d'avoir les yeux crevés par les redoutables dards des insectes. Il pouvait nettement éprouver le contact froid et répugnant des centaines de scorpions qui enveloppaient son corps. Il sentit que l'un d'eux s'introduisait dans sa bouche. Il l'expulsa en crachant violemment. Leonis se débattit longtemps, comme un forcené, sans se rendre compte qu'aucun aiguillon ne fouillait sa chair. Il parvint à s'asseoir. Ses mains balayaient sa poitrine avec énergie. Il ouvrit les yeux et prit conscience qu'il n'y avait pas le moindre scorpion sur son corps. Il n'y en avait pas davantage sur le sol. Les horribles bêtes avaient disparu. L'enfant-lion se leva d'un bond. Son souffle était saccadé et bruyant. Ses doigts fouettaient violemment son torse, comme si des insectes s'y accrochaient encore. De violents frissons lui zébraient l'échine. Son regard ahuri examinait les dalles grisâtres pour tenter de découvrir un scorpion. Il n'y avait rien. Même les carcasses des bêtes qu'il avait écrasées dans sa course brillaient par leur absence. Tout cela n'avait été qu'illusion. Leonis émit un râle d'incompréhension. Le rire de l'enfant résonna dans la salle, aussi enjoué et candide que précédemment.

Le sauveur de l'Empire n'en pouvait plus. Il n'arrivait pas à réfléchir. Son seul désir était de courir vers le passage afin de quitter cet endroit maléfique. Dans son dos, un raclement se fit entendre. Il se retourna pour voir l'une des statues de Sobek qui fonçait sur lui. Dans une détente prodigieuse, Leonis plongea sur sa droite. La masse de pierre le manqua de peu. Elle alla se fracasser contre l'un des piliers qui soutenaient la voûte. L'effigie du dieu-crocodile éclata. Un débris, heureusement de petite taille, percuta le front de l'enfant-lion. Dans sa chute, celui-ci avait violemment touché le sol. Le choc lui avait coupé le souffle. Étendu sur les dalles, il vit une lézarde se former dans le pilier que la statue venait de heurter. Un tronçon de la colonne s'affaissa légèrement. Leonis perçut un tremblement. Un instant plus tard, le pilier s'effondra dans un fracas assourdissant.

Le sauveur de l'Empire rampa avec ardeur pour se soustraire à la pluie de débris. Durant un moment interminable, il eut la certitude que le bâtiment entier s'écroulerait sur lui. Le calme revint, entrecoupé de temps à autre par la chute de quelques gravats. Leonis était couché à plat ventre. Ses mains étaient plaquées derrière son crâne. Il s'assit pour constater que le décor de la salle disparaissait sous un voile de poussière. Le halo des torches arrivait cependant à percer ce brouillard. L'air était difficilement respirable. L'enfant-lion recouvrit son nez et sa bouche de sa paume. Du revers de son autre main, il essuya son front douloureux qui saignait légèrement. Il se mit debout et leva les yeux vers la voûte. En dépit de l'effondrement du pilier, la partie du plafond qu'il avait soutenue était manifestement demeurée intacte. Dans le cas contraire, Leonis eût pu apercevoir la lumière du jour à travers le voile de poussière. Un fort désagréable pressentiment le tourmentait. Il se dirigea vers le passage par lequel il était entré. Avec accablement, il découvrit que ses craintes étaient justifiées : un énorme bloc de pierre presque entièrement recouvert de décombres obstruait l'issue. Leonis était maintenant prisonnier. Ceux qui se trouvaient à l'extérieur de l'annexe tenteraient certainement quelque chose pour lui venir en aide. Seulement, le garçon savait qu'il était improbable qu'il arrivât à survivre jusque-là. Comme pour l'appuyer dans ses sombres convictions, le rire d'outre-tombe fit entendre sa série de notes cristallines.

Les muscles tendus, l'enfant-lion remuait la tête dans tous les sens pour tenter de déterminer l'origine d'un prévisible danger. Il aperçut une boule légèrement lumineuse dans un coin de l'annexe. La sphère avait la densité du spectre de l'enfant. Elle se divisa en trois silhouettes d'apparence humaine, qui gagnèrent furtivement les hauteurs de la salle. Ces trois nouvelles apparitions tourbillonnèrent un instant et plongèrent vers le sol. L'une d'elles s'approcha du cadavre d'un soldat. Elle l'enveloppa entièrement ; puis, un peu comme si le corps l'avait absorbée, elle disparut. Les spectres qui restaient firent de même avec deux autres dépouilles. Leonis fixait l'un des cadavres. En voyant le bras du mort remuer faiblement, il crut que ses yeux le trompaient. Quand le membre se replia dans un crépitement sinistre, le sauveur de l'Empire passa bien près de s'évanouir. Bientôt, les trois corps choisis par les gardiens s'animèrent. Des râles émanèrent de leur gorge. Dans des gestes raides, ils tentaient péniblement de se redresser. Incapable de tolérer cette vision cauchemardesque, Leonis courut jusqu'à l'autre extrémité de la salle. Il s'adossa contre un pilier et hurla :

— Arrêtez ! Je vous en supplie ! Je suis venu vous libérer ! Ne discernez-vous donc pas que je suis l'élu ? Ne désirez-vous pas rejoindre le royaume des Morts ?

Les dernières paroles de l'enfant-lion furent visiblement mal accueillies par les gardiens. Un morceau de pierre qu'aucun homme n'eût pu soulever fut projeté avec violence en direction de Leonis. Celui-ci se pencha. Le débris rasa sa tête pour achever sa course contre un mur. L'adolescent s'écarta du pilier. En se retournant, il aperçut les trois combattants morts qui avançaient vers lui.

Leurs mouvements étaient lents, instables et dépourvus de toute souplesse. S'il avait été en mesure de réfléchir, le sauveur de l'Empire aurait forcément fini par conclure que ces êtres ne représentaient pour lui qu'une infime menace. Il n'y avait qu'à les observer pour comprendre qu'une faible poussée eût suffi à les déséquilibrer. Mais le garçon ne pensait plus. Anéanti, il regardait fixement les morts qui progressaient laborieusement vers lui. Chacun de leurs gestes s'accompagnait de bruits désagréables. On eût dit que leurs os se brisaient. Leur chair grinçait comme un cuir mal huilé. Leonis sentait que sa raison basculait. Dans une ultime prière, il murmura trois fois le nom de Bastet. La déesse entendit son appel.

La métamorphose s'opéra. Un instant plus tard, le lion blanc poussait un retentissant rugissement. Les morts stoppèrent aussitôt leur pénible avancée. Le fauve vit les spectres abandonner les corps des soldats. Immédiatement, les cadavres s'écroulèrent sur le sol dallé. Les silhouettes, immatérielles et blanches comme le lait, se précisèrent. Elles prirent l'apparence de trois hommes. Ils étaient vêtus de longues robes sur lesquelles ressortaient les effigies de Rê, d'Osiris et d'Isis. Les personnages tenaient de grands bâtons sculptés. Ils entourèrent le lion blanc qui demeura immobile. Dans sa forme animale, Leonis pouvait clairement ressentir que les esprits n'étaient pas hostiles. Une voix grave et forte tonna dans la salle :

— L'élu de Rê n'a plus à craindre notre fureur ! Il peut à présent accomplir sa tâche !

En se transformant, l'enfant-lion avait démontré sa nature divine aux gardiens du troisième coffre. Un raclement sourd se fit entendre. Le lion fit fougueusement volte-face pour voir ce qui se produisait. Un mince pan de pierre pivotait. Le rectangle d'une porte se découpa dans la cloison. Les spectres disparurent. Le fauve blanc s'assit. Leonis n'avait pas envie de reprendre tout de suite sa forme humaine. Ses nerfs avaient été soumis à très rude épreuve. Dans la peau de la vigoureuse bête, il se sentait moins vulnérable. Son angoisse s'atténuait. Une seule chose finit par le convaincre de se métamorphoser : son puissant odorat était beaucoup plus sensible à l'odeur putride des cadavres. Le lion rugit à trois reprises. Le sauveur de l'Empire redevint lui-même. En pensant aux effroyables événements qu'il venait de vivre, il soupira :

— Les gardiens voulaient une preuve de la divinité de l'élu. Pourquoi n'ai-je pas songé à me transformer plus tôt ? Maintenant, je dois retrouver leurs clés. Sensobek m'a dit que l'un des cinq hommes était absent lorsque ses camarades ont été emmurés dans l'annexe. Je ne doute pas des souvenirs de ce brave vieillard. Seulement, il est possible que ce gardien ait confié sa clé aux autres avant de quitter le temple... De toute manière, j'aurai le temps de chercher. Les ouvriers mettront des jours à ménager une autre issue. J'espère que je ne mourrai pas de soif...

Il tendit la main pour saisir son pagne qui s'était déchiré lors de la transformation. Le vêtement était inutilisable. Leonis le lança au loin en s'exclamant :

— Me voilà encore tout nu ! Les vêtements ne durent plus, de nos jours !

L'enfant-lion émit un rire joyeux. Il ramassa ensuite le talisman des pharaons. Le pendentif scintillait parmi les gravats qui jonchaient le sol. Avant de le remettre à son cou, l'adolescent dut faire un nœud sommaire dans sa chaîne rompue. Lorsqu'il se leva, la poussière provoquée par l'effondrement était complètement retombée. Le silence qui régnait dans l'annexe était lourd. Il valait mieux qu'il en fût ainsi. Le sauveur de l'Empire avait la certitude que, pour un certain temps du moins, il aurait bien du mal à ne pas frissonner en entendant le rire flûté d'un enfant.

18

LE CINQUIÈME GARDIEN

Leonis passa la porte révélée par les gardiens. Il longea un tout petit couloir et pénétra dans une pièce faiblement éclairée. Une odeur infecte empestait l'air. La lumière du jour provenait de trois trous ronds percés dans la voûte. De prime abord, l'enfant-lion remarqua les cinq statues de granit qui se dressaient à sa droite, au fond d'une profonde alcôve. Elles représentaient Osiris, Sobek, Seth, Isis et Rê. Devant elles, se trouvaient cinq plateaux. Ces petits plateaux circulaires étaient très poussiéreux. Ils s'élevaient à une coudée du sol. Chacun d'eux était supporté par une tige centrale et métallique qui pénétrait dans les dalles. Leonis toucha à peine l'un des plateaux. Il s'enfonça légèrement. Le garçon accentua sensiblement la pression, et le plateau descendit encore. Il retira sa main. Sans un grincement, l'objet reprit sa position initiale. Il s'agissait probablement d'un dispositif de pesée. Il semblait très précis. Leonis haussa les épaules. Avant de tenter quoi que ce fût, il devait découvrir les clés.

Sans être aussi vaste que la précédente, la pièce où il se trouvait était néanmoins de bonne dimension. Par endroits, le sol était recouvert d'une matière moelleuse, visqueuse et répugnante. L'adolescent ne tarda pas à l'identifier : des excréments de chauves-souris. Il leva la tête. De larges taches sombres maculaient la voûte. Là-haut, des milliers de créatures dormaient en grappes compactes. Leonis eut un frisson de dégoût et chuchota :

— Je suis ravi de constater que je ne suis pas seul. Je vais tâcher de ne pas éternuer. Je n'ai vraiment pas envie que ce joli petit peuple s'énerve et dégringole sur ma tête.

Le garçon inspecta la pièce. De nombreuses scènes avaient été peintes sur les murs au revêtement de calcaire. L'une d'elles l'intéressa particulièrement. Elle illustrait les cinq gardiens et cinq enfants. L'un des hommes tenait un coffre d'or. Ce fut derrière un paravent de joncs tressés que Leonis trouva les restes des véritables gardiens et de leurs jeunes apprentis. Le tableau qui se révéla alors à ses yeux l'horrifia. Il porta une main à sa bouche pour réprimer un cri. La scène était inattendue. Autour d'une longue table basse chargée de carafes, de gobelets et d'assiettes se trouvaient huit momies. Certaines des dépouilles étaient couchées. D'autres étaient adossées contre un mur. Les reliefs indéterminables d'un antique festin encombraient la table et quelques récipients. De toute évidence, ces gens étaient tous morts durant ce repas.

Le sauveur de l'Empire surmonta sa répulsion et s'approcha lentement de la table. Les corps étaient en très mauvais état. Du fait que l'annexe se trouvait au beau milieu d'un lac, l'humidité avait nui à la conservation des cadavres. Dans le désert, les dépouilles se momifiaient naturellement. Il arrivait même que les corps des habitants des lieux stériles se momifiassent mieux que ceux des nobles de la vallée du Nil. Ces derniers bénéficiaient pourtant de la science des meilleurs embaumeurs. Les cadavres que l'enfant-lion examinait ne présentaient que des lambeaux de chair ocre. À dire vrai, il s'agissait plus de squelettes que de momies. Tous les corps portaient des robes. Elles étaient cependant si poussiéreuses que Leonis ne pouvait discerner les symboles qu'elles étaient censées arborer. L'adolescent s'empara d'un éventail qui reposait sur la table. Il s'en servit pour dépoussiérer le vêtement d'une première momie d'adulte. L'effigie d'Osiris apparut.

Leonis s'affaira durant une bonne heure. Il parvint d'abord à identifier les quatre gardiens. Leurs bâtons sculptés représentant leurs dieux respectifs étaient alignés sur le sol, à quelques pas de la sinistre tablée. L'enfant-lion dut fouiller les corps dans le but de mettre la main sur les clés des gardiens. Cet exercice désagréable ne donna malheureusement rien. Le garçon trouva quelques fioles sur la table. Avec raison, il songea que ces petits récipients avaient dû contenir un virulent poison. Plutôt que de subir les affres d'une mort lente, les gardiens avaient sans doute préparé un ultime repas avec des aliments puisés dans la réserve de l'annexe. Ensuite, ils avaient ingurgité le poison. En imaginant la scène, Leonis sentit son cœur se serrer. Ce dernier repas avait dû être déchirant. Les apprentis avaient-ils su que leurs maîtres les empoisonnaient? Ce soir-là – car, selon lui, un aussi pathétique drame n'avait pu se produire que le soir –, quatre hommes et quatre enfants avaient péri. Ils s'étaient tus courageusement, au mépris des coups de fouet, dans le but de préserver un important secret. Ils s'étaient tus sans détenir la moindre confirmation que leur mutisme pourrait un jour sauver le peuple d'Égypte. L'incompréhension d'un roi avait scellé leur destin.

Le sauveur de l'Empire porta son attention sur les bâtons. Recouverts de feuilles d'or, ils avaient tous les mêmes dimensions. La tête d'une divinité coiffait chacun d'eux. Rê, Isis et Osiris étaient représentés sous leurs traits humains. L'effigie de Seth était une tête d'âne. Il ne manquait que celle de Sobek. En soupesant les bâtons, Leonis se rendit compte que celui de Rê était nettement plus lourd que les autres. En le manipulant, il entendit un léger bruit. Il secoua l'objet sans brusquerie. Le bruit provenait de la tête du dieu. Au bout d'un moment, en faisant délicatement pivoter la représentation du dieu-soleil, l'enfant-lion parvint à la détacher du bâton. Elle contenait un lourd scarabée en or massif. Leonis venait de découvrir la première clé. Enhardi par sa trouvaille, il se hâta de sortir les trois autres de leurs cachettes. La tête d'Isis recelait une amulette rouge ayant la forme du hiéroglyphe ankh[9]. L'effigie de Seth contenait un simple caillou rougeâtre. Des grains d'orge emplissaient la tête

---

9. ANKH: SYMBOLE HIÉROGLYPHIQUE SIGNIFIANT « LA VIE ».

du dieu Osiris. Chacune des clés représentait le dieu auquel elle était associée. Les différents objets avaient tous un poids différent. L'adolescent comprit rapidement ce qui lui restait à faire. Chaque objet devait être placé sur le plateau situé devant la statue de la divinité qu'elle symbolisait. Le principe était fort simple. Malheureusement, il lui manquait toujours une clé.

Leonis ne se laissa pas décourager. Il nettoya chaque plateau avec minutie pour constater qu'ils étaient en bronze. Heureusement, une niche abritait les statues et le dispositif. Les chauves-souris n'avaient donc pas souillé de leurs immondices cette section de la pièce. L'enfant-lion se tenait devant l'alignement de statues. Les têtes des quatre dieux reposaient à ses pieds. La lumière provenant de la voûte s'était atténuée. Le jour déclinait. Leonis prit le scarabée d'or que contenait la tête de Rê. La statue du dieu-soleil était située à l'extrême gauche de la rangée. Il déposa doucement l'objet sur le plateau qui s'enfonça sous la pression. Il y eut un déclic. Le garçon mit ensuite l'ankh dans le plateau de la déesse Isis. Le dispositif réagit une seconde fois. Il en alla de même avec le caillou qui évoquait le monde stérile de Seth. Bien entendu, le sauveur de l'Empire fut contraint d'ignorer le dieu Sobek. Il versa l'orge, symbole de fertilité, dans le plateau destiné à Osiris. Cette fois, il ne se passa rien.

Leonis s'y attendait. Sans perdre son calme, il s'agenouilla devant le plateau du dieu-crocodile. Il commença à l'abaisser lentement, en prêtant l'oreille dans l'espoir d'entendre un éventuel déclic. Ses mains ne tremblaient pas. En vain, le plateau atteignit la fin de sa course. L'adolescent répéta ce manège plus de trente fois sans obtenir le moindre résultat. Il s'octroya une pause. Sa figure était couverte de sueur. Ses poignets étaient tendus et ses genoux étaient douloureux. La salle était maintenant baignée d'ombre. Leonis dit à voix basse :

— Les gardiens ont été bien aimables de m'annoncer que l'élu pouvait maintenant accomplir sa tâche... Mais il manque une clé à l'élu... Si je ne meurs pas de soif dans ce nid de chauves-souris, il faudra sans doute démolir ce bâtiment pour retrouver le coffre... Le vieux Sensobek se moquera de moi. Il me dira : « Tu n'es pas l'élu, Selonis. Car si tu étais l'élu, moi, je serais un crocodile... » Ce serait un très vieux crocodile, alors. Au fait, j'ai perdu les dents porte-bonheur qu'il...

L'enfant-lion fronça les sourcils. Il se plongea dans ses réflexions. Son visage s'éclaira subitement. Il s'asséna une puissante claque sur la cuisse et s'écria :

— Mais oui! C'est ça! Je suis l'élu! Et Sensobek est un crocodile!

Ce cri effaroucha les chauves-souris. Une nuée noire et criarde se répandit dans la vaste pièce. En courant à toutes jambes, Leonis se dirigea vers la sortie. Ce n'était pas forcément pour échapper aux déplaisantes bestioles. Le sauveur de l'Empire venait peut-être de trouver la solution. En débouchant dans la salle principale de l'annexe, il était ivre d'espoir.

Les torches brûlaient toujours dans la grande salle. Leonis s'empara de l'une d'elles et gagna l'endroit où il s'était transformé en lion. Il évita de regarder les corps des soldats. Il ramassa son pagne et le palpa. Comme il s'y attendait, les dents de crocodile que lui avait léguées le vieux prêtre n'étaient plus enroulées dans le tissu. L'enfant-lion posa son vêtement déchiré sur son épaule. En plissant les paupières, il commença à scruter le sol parsemé de gravats. De nombreux débris étaient des éclats de calcaire pâle, et beaucoup d'entre eux étaient petits et pointus. Le garçon eut donc énormément de mal à retrouver les trois dents de crocodile de Sensobek. Pendant qu'il cherchait, les mots du vieux résonnaient dans sa tête : « Si tu es l'élu, moi, je suis un crocodile. » En prononçant ces paroles, le vieil aveugle avait probablement tenté de lui faire comprendre une importante vérité. Il avait sans doute voulu lui dire que, si Leonis était vraiment celui que les dieux avaient choisi, lui, Sensobek, n'était nul autre que le cinquième gardien représentant le dieu-crocodile. Selon l'adolescent, les trois dents que lui avait offertes cet homme ne pouvaient être autre chose que la dernière clé qui révélerait la cachette du troisième coffre. Bien sûr, il pouvait se tromper. Le vieillard avait affirmé que le cinquième gardien et son apprenti n'étaient jamais revenus au temple. Mais, durant cette conversation, Sensobek ne pouvait être sûr que celui qui se trouvait à ses côtés était bien l'élu. Le vénérable personnage ne pouvait tout de même pas livrer le secret qu'il gardait depuis tant d'années à n'importe quel aventurier. En dépit de ce fait, les mots de Leonis avaient fait naître l'espérance dans le cœur de Sensobek. Pressentant que l'élu était peut-être enfin là, il avait donné les trois dents au jeune visiteur. À demi-mot, il avait tenté de lui faire comprendre qu'il avait été le cinquième gardien du coffre. Dans l'esprit du garçon, cette théorie prenait toutes les apparences d'une certitude. Trépignant d'impatience, il mit un temps considérable à réunir les trois dents de crocodile. Lorsqu'il aperçut la dernière d'entre elles, il dut faire un effort pour ne pas hurler de joie.

Leonis réintégra la pièce où se trouvaient les statues. Cette fois, il tenait son pagne sur son nez pour se soustraire à l'horrible odeur qui y régnait. L'obscurité et le silence baignaient la salle. Les chauves-souris avaient quitté leur repaire pour entreprendre leur chasse aveugle dans la nuit. Avec fébrilité, le sauveur de l'Empire déposa les trois dents de crocodile dans le plateau destiné à l'effigie du dieu Sobek. Un bruit sec se fit entendre. Quelque part, sous le sol, il y eut un glissement. Soudainement, un bruit assourdissant retentit. L'enfant-lion s'éloigna en plaquant une main sur son crâne. Le silence revint aussitôt, entre-coupé seulement par les cris de quelques chauves-souris retardataires. L'une des bêtes frôla la tête de Leonis. La lueur de la torche projeta sur la cloison l'ombre furtive de son vol saccadé. L'adolescent s'approcha de nouveau des statues. Il vit tout de suite l'étroit rectangle qui s'ouvrait maintenant dans le mur se trouvant à la gauche de l'alcôve. Un passage venait d'être dévoilé. Le bloc de pierre qui l'avait masqué aux regards s'était violemment enfoncé dans le sol.

Le sauveur de l'Empire glissa sa torche dans un couloir trop exigu pour que l'on pût s'y engager de face. Il vit aussitôt le coffre qui reposait sur un socle de bois peint. L'objet scintillait dans la lumière de la flamme. Leonis pénétra dans le passage. Il rejoignit la minuscule chambre sans ornement qui contenait l'un des objets les plus précieux du royaume d'Égypte. Le coffre était exempt de poussière. La table aux douze joyaux était illustrée sur son couvercle. Sur ses faces latérales apparaissaient les symboles du lion, du héron et de la vache. L'adolescent effleura le coffre de ses doigts sales et tremblants. Il s'adossa ensuite au mur du réduit pour pleurer en silence. Lorsqu'il regagna la grande pièce, une scène troublante l'attendait. Les spectres des gardiens et de leurs apprentis étaient là. Leurs silhouettes vaporeuses irradiaient dans la pénombre. Les quatre hommes formaient un rang serré derrière le quatuor d'enfants. Devant eux se dressait le fantôme du vieux Sensobek. L'esprit du vieil aveugle s'avança en flottant vers Leonis. Celui-ci était paralysé par la surprise et l'incompréhension. Sensobek s'immobilisa tout près de lui. Le regard du vieillard n'était plus voilé. Un sourire se dessina sur son visage blafard. Sa voix s'éleva:

— Eh oui, brave Leonis, j'ai rendu mon dernier soupir. Tu es le premier mortel à le savoir. Demain, les prêtres du temple trouveront ma vieille carcasse endormie pour l'éternité… Comme tu l'as deviné, j'étais le cinquième gardien. J'avais dix ans lorsque mon maître a rejoint le royaume des Morts. Quand Khéops est venu, il y avait déjà cinq ans que j'étais l'un des gardiens du coffre. Je n'ai pas menti en te disant que j'avais dû gagner le Fayoum pour y être soigné. À cette époque, mon apprenti était à peine plus jeune que moi. Nous sommes toutefois revenus au temple. Mon apprenti est mort à trente-deux ans. Ceux qui connaissaient l'histoire des gardiens n'existent plus dans le monde des vivants. J'étais le dernier. L'ultime gardien du coffre. J'aurai vécu assez longtemps pour recevoir l'élu et accomplir ma tâche. Mes vingt dernières années de vie ont été sans lumière. Je n'entendais plus le chant des oiseaux. Mais telle était la volonté des dieux. Ils m'ont maintenant libéré de ce corps souffrant et vain. La mort est venue me prendre dès que tu as posé ta main sur le coffre. Tu es bel et bien l'élu, Leonis. Je suis désolé d'avoir dénaturé ainsi ton divin nom. Puisses-tu sauver l'Empire, mon vaillant garçon. Sois tranquille, tu sortiras d'ici. Dehors, les ouvriers s'affairent déjà à creuser un passage dans l'une des fenêtres de l'annexe… Nous devons partir, Leonis. Aujourd'hui, tu as mis un terme à l'errance et à la douleur des gardiens. Tu mérites leur reconnaissance éternelle…

La voix se tut. Le spectre du vieux Sensobek rejoignit les autres. Les silhouettes devinrent floues. Une à une, elles s'élevèrent vers la voûte pour se couler dans les orifices qui la perçaient. Les esprits avaient quitté leur tombeau. Leonis s'empara des dents de crocodile, du scarabée d'or de Rê et de l'amulette d'Isis. Transportant le coffre sous son bras, il quitta la pièce.

19

UN MAL VIRULENT

Pour traverser les deux rangées de blocs qui occultaient la fenêtre de l'annexe, les ouvriers avaient dû travailler durant deux jours et deux nuits. Pendant ce temps, Menna, Montu, Sia et Ankhhaef s'étaient grandement inquiétés. Lorsque les esprits avaient quitté le tombeau, Sia avait pu percevoir les pensées de Leonis. Elle avait appris aux autres que le sauveur de l'Empire était toujours vivant. Elle leur avait aussi annoncé qu'il avait découvert le troisième coffre. Bien entendu, cette nouvelle avait été accueillie avec allégresse. Tandis que les ouvriers se relayaient pour accomplir la besogne le plus rapidement possible, les compagnons de Leonis avaient rejoint le temple pour manger et dormir.

Le lendemain, le prêtre Iri avait constaté la mort du vieux Sensobek. Ankhhaef était demeuré avec les prêtres pour assister aux premières cérémonies soulignant le départ du défunt. Menna, Sia et Montu s'étaient levés tôt. Ils étaient vite retournés à l'annexe pour vérifier l'avancement des travaux. Sia s'était concentrée pour entrer en contact avec l'esprit de Leonis. Elle avait réussi. Seulement, elle avait décelé que l'enfant-lion était souffrant. En se tournant vers Menna et Montu, elle avait déclaré :

— Leonis est fiévreux. Ses pieds lui font mal.

La nouvelle n'avait pas inquiété outre mesure les jeunes gens. Montu et Menna savaient que Leonis avait survécu à des épreuves beaucoup plus accablantes qu'un simple mal de pieds. Seulement, le soir venu, les propos de Sia s'étaient révélés nettement plus alarmants. Elle disait que la fièvre de l'enfant-lion avait empiré. Ses pieds étaient très enflés et de plus en plus douloureux. Elle songeait à une infection. Une légère coupure pouvait parfois entraîner de graves conséquences. Leonis s'était peut-être blessé aux deux pieds et ses plaies s'envenimaient. Durant la nuit, la sorcière, Montu et Menna ne s'étaient pas éloignés de l'annexe. Ankhhaef avait fréquemment quitté le temple de Sobek pour venir s'informer de l'état du sauveur de l'Empire. D'heure en heure, la situation se détériorait. Au lever du soleil, le visage de la sorcière était dévasté. Elle affirmait que l'enfant-lion était très mal en point. Il délirait. Bientôt, il serait trop tard pour lui venir en aide. Les ouvriers s'échinaient à briser le granit qui obstruait la fenêtre. La deuxième rangée de blocs était presque franchie. Seulement, si, comme cela avait été le cas pour la porte, ils tombaient sur un troisième mur, les travaux pouvaient s'étirer jusqu'au lendemain. Les compagnons du sauveur de l'Empire s'impatientaient. Une heure plus tard, l'un des ouvriers avait poussé un puissant cri de triomphe. Son ciseau de cuivre s'était enfoncé dans le vide.

Il avait fallu un long moment pour élargir le trou. Menna avait plusieurs fois hélé Leonis, mais celui-ci n'avait pas répondu. Lorsque le soldat s'était faufilé dans la sépulture, le passage était encore si étroit que ses larges épaules avaient failli rester coincées. Le rebord de la fenêtre se trouvait à une hauteur d'homme du sol de l'annexe. Menna s'était fait mal en tombant. L'enfant-lion se trouvait à proximité de la fenêtre. Il était nu et inconscient. Le coffre reposait à ses côtés. Le jeune homme s'était agenouillé. Il avait émis un soupir de soulagement en constatant que son ami vivait toujours. Il avait vainement tenté de le réveiller. Montu était venu le rejoindre. Aucun ouvrier ne voulait pénétrer dans la tombe. Il avait fallu se résoudre à attacher le blessé. Quelques travailleurs avaient uni leurs forces pour le tirer à l'extérieur. Menna avait quitté la sépulture en emportant le coffre. Le sauveur de l'Empire avait confectionné un sac avec son pagne. Celui-ci contenait les clés qu'il avait tenu à conserver. Montu s'en était emparé avant de sortir à son tour du sinistre lieu.

Leonis reprit conscience, deux jours plus tard, dans la pièce où il avait rencontré le vieil aveugle. Le premier visage qu'il aperçut en ouvrant les yeux fut celui de Sia. La sorcière passa une main tendre dans ses cheveux. D'une voix douce, elle dit:

— Te revoilà enfin, Leonis. Tu nous as fait peur, mon garçon.

L'enfant-lion essaya de parler, mais sa tentative s'étouffa dans un râle. La sorcière posa sur ses lèvres un tissu imbibé d'eau. Un peu de liquide tomba sur la langue de Leonis. Cela lui fit le plus grand bien. Pendant qu'il refermait sa bouche sur l'étoffe, la sorcière d'Horus lui expliqua:

— Tes pieds étaient un peu écorchés. Tu as marché dans des déjections de chauves-souris. Je le sais car, hier, je suis allée visiter le tombeau des gardiens en compagnie de Montu et de Menna. Les excréments de ces petites bêtes sont très nocifs. L'infection qu'ils ont provoquée aurait pu te tuer.

Montu et Menna se tenaient légèrement à l'écart. Lorsqu'ils s'approchèrent de la couche de l'enfant-lion, ils affichaient un air radieux. Menna déclara :

— Tu as encore une fois réussi l'impossible, mon ami. Le troisième coffre est maintenant entre nos mains. Comme te le disait Sia, nous avons visité l'annexe. D'après ce que nous y avons vu, les gardiens t'ont fait vivre des heures très mouvementées…

— En effet, Menna, répondit Leonis d'une voix faible et enrouée. Ces esprits m'ont presque tué, mais, au bout du compte, le vaillant héros a été terrassé par de la crotte… Si, un jour, il vous prenait l'envie de raconter mon histoire, je vous prie d'oublier ce détail.

— N'en demande pas trop ! s'exclama Montu. Tu me connais, mon vieux ! Je me ferai une joie de faire rire les gens avec ce récit… N'empêche, je me suis beaucoup inquiété pour toi. Tes pieds étaient si enflés qu'ils ressemblaient à ceux d'un hippopotame. Heureusement que Sia est une grande guérisseuse. Hier, elle nous a assuré que tu t'en sortirais… Le vieux Sensobek est mort, Leonis.

— Je suis au courant, Montu. Il est mort au moment précis où je m'emparais du coffre. Il était le cinquième gardien. Les dents de crocodile qu'il m'avait offertes représentaient la clé manquante. J'ai vu son esprit dans le tombeau. Il m'a parlé.

Montu regarda Sia d'un œil méfiant. Sur un ton inquiet, il demanda à la femme :

— Tu crois qu'il fait encore de la fièvre ?

Le visage du garçon était sérieux. Il toucha le front de Leonis et ne put retenir davantage le fou rire qui le gagnait.

— Je blague, mon vieux ! dit-il. Je ne doute pas de toi. Mais, à mon avis, Pharaon ne croira pas un mot de tout cela.

Leonis s'appuya sur un coude. Il observa d'un regard amusé les bandages qui recouvraient ses pieds. Il souffrait quelque peu, mais la douleur était supportable. Il hocha la tête dans un silence méditatif. Ses lèvres sèches se distendirent dans un sourire et il jeta :

— Maintenant, Mykérinos est au moins obligé d'admettre que la tâche de retrouver le prochain coffre ne peut être confiée à personne d'autre qu'à moi. Il ne nous manque que trois joyaux, mes amis. Nous saurons bientôt où se trouve le dernier des quatre coffres. Seulement, j'ai l'intention de bien me reposer avant de me lancer dans une autre aventure. L'offrande suprême doit être livrée d'ici deux ans. Nous avons quand même le temps de reprendre nos forces avant de repartir.

— De toute manière, observa Sia, tu auras du mal à marcher pendant quelques semaines. On dirait que tu t'es promené sur des braises, tellement tes pieds sont abîmés.

— Cela me donnera le temps de connaître ma petite sœur. Je devrai d'abord trouver une excuse pour lui expliquer mon état. Les jumelles lui ont dit que j'étais scribe. Tati n'a pas cru à ce mensonge. Je n'ai pas envie de lui révéler la vérité. Elle pourrait s'inquiéter pour moi. Je veux qu'elle soit heureuse, désormais… Quand rentrerons-nous à Memphis?

— Après-demain, l'informa Menna. Pour l'instant, les soldats de la garde royale ont rallié la cité avec le coffre. Ankhhaef m'a assuré qu'il ne sera ouvert qu'au moment où tu le décideras. En apprenant que tu allais bien, le grand prêtre est reparti avec les combattants. Il reviendra nous chercher. Les soldats ont emmené le malheureux Djâou. Son état ne s'était guère amélioré. Les cadavres de Neferothep et de ses compagnons ont été retirés de l'annexe et transportés à Memphis… Si Pharaon avait pu patienter une semaine de plus, ces pauvres hommes vivraient encore, aujourd'hui.

Leonis reposa sa tête sur sa couche. Il eut une pensée pour le commandant Neferothep et ses hommes. Il songea aussi aux gardiens et à leurs apprentis. L'image qu'il s'était faite de leur dernier repas lui revint. Il tressaillit légèrement. En ce qui concernait les gardiens, les sentiments du sauveur de l'Empire étaient partagés. Ces gens avaient été victimes d'une terrible injustice. Leurs âmes vengeresses avaient toutefois provoqué la mort de cinq braves hommes. L'enfant-lion chassa ces sombres pensées. Quelques jours auparavant, il arpentait encore les dunes en compagnie de ses fidèles amis. En bien peu de temps, il était parvenu à retrouver deux inestimables trésors. Le troisième coffre était maintenant dans la grande demeure de Pharaon. Et Tati, sa chère petite sœur, resterait dorénavant à ses côtés. Il sauverait l'Empire. Plus que jamais, cette certitude gonflait son cœur.

LEXIQUE
DIEUX DE L'ÉGYPTE
ANCIENNE

Anubis: Dieu protecteur des nécropoles, Anubis était représenté sous la forme d'un chacal. La présence de ce charognard sur les lieux d'inhumation pourrait expliquer que son image ait été associée à la divinité de l'embaumement. Anubis prenait aussi l'apparence d'un homme à tête de chacal. Quelques experts affirment toutefois qu'il s'agissait d'un chien noir. Considéré comme le fils du dieu funéraire Osiris, Anubis présidait avec Thot au jugement et à la pesée des âmes.

Apophis: Dans le mythe égyptien, le gigantesque serpent Apophis cherchait à annihiler le soleil Rê. Ennemi d'Osiris, Apophis était l'antithèse de la lumière, une incarnation des forces du chaos et du mal.

Bastet : Aucune déesse n'était aussi populaire que Bastet. Originellement, Bastet était une déesse-lionne. Elle abandonna toutefois sa férocité pour devenir une déesse à tête de chat. Si le lion était surtout associé au pouvoir et à la royauté, on considérait le chat comme l'incarnation d'un esprit familier. Il était présent dans les plus modestes demeures et c'est sans doute ce qui explique la popularité de Bastet. La déesse-chat, à l'instar de Sekhmet, était la fille du dieu-soleil Rê. Bastet annonçait la déesse grecque Artémis, divinité de la nature sauvage et de la chasse.

Hathor : Déesse représentée sous la forme d'une vache ou sous son apparence humaine. Elle fut associée au dieu céleste et royal Horus. Sous l'aspect de nombreuses divinités, Hathor fut vénérée aux quatre coins de l'Égypte. Elle était la déesse de l'amour. Divinité nourricière et maternelle, on la considérait comme une protectrice des naissances et du renouveau. On lui attribuait aussi la joie, la danse et la musique. Hathor agissait également dans le royaume des Morts. Au moment de passer de vie à trépas, les gens souhaitaient que cette déesse les accompagne.

Horus: Dieu-faucon, fils d'Osiris et d'Isis, Horus était le dieu du ciel et l'incarnation de la royauté de droit divin. Successeur de son père, Horus représentait l'ordre universel, alors que Seth incarnait la force brutale et le chaos.

Isis: Épouse d'Osiris et mère du dieu-faucon Horus. Isis permit la résurrection de son époux assassiné par Seth. Elle était l'image de la mère idéale. Déesse bénéfique et nourricière, de nombreuses effigies la représentent offrant le sein à son fils Horus.

Maât: Déesse de la vérité et de la justice, Maât est le contraire de tout ce qui est sauvage, désordonné, destructeur et injuste. Elle était la mère de Rê dont elle était aussi la fille et l'épouse (c'est une aberration, mais l'auteur n'invente rien!).

Osiris: La principale fonction d'Osiris était de régner sur le Monde inférieur. Dieu funéraire suprême et juge des morts, Osiris faisait partie des plus anciennes divinités égyptiennes. Il représentait la fertilité de la végétation et la fécondité. Il était ainsi l'opposé ou le complément de son frère Seth, divinité de la nuit et des déserts.

Ouadjet: Déesse-cobra. Considérée comme la divinité protectrice de la Basse-Égypte.

Rê: Le dieu-soleil. Durant la majeure partie de l'histoire égyptienne, il fut la manifestation du dieu suprême. Peu à peu, il devint la divinité du soleil levant et de la lumière. Il réglait le cours des heures, des jours, des mois, des années et des saisons. Il apporta l'ordre dans l'univers et rendit la vie possible. Tout pharaon devenait un fils de Rê, et chaque défunt était désigné comme Rê durant son voyage vers l'Autre Monde.

Sekhmet: Son nom signifie « la Puissante ». La déesse-lionne Sekhmet était une représentation de la déesse Hathor. Fille de Rê, elle était toujours présente aux côtés du pharaon durant ses batailles. Sekhmet envoyait aux hommes les guerres et les épidémies. Sous son aspect bénéfique, la déesse personnifiait la médecine et la chirurgie. Ses pouvoirs magiques lui permettaient de réaliser des guérisons miraculeuses.

Seth: Seth était la divinité des déserts, des ténèbres, des tempêtes et des orages. Dans le mythe osirien, il représentait le chaos et la force impétueuse. Il tua son frère Osiris et entama la lutte avec Horus. Malgré tout, il était considéré, à l'instar d'Horus, comme un protecteur du roi.

Sobek : Le dieu-crocodile, l'une des divinités les plus importantes du Nil. Par analogie avec le milieu naturel du crocodile, on l'associait à la fertilité. Il était vénéré sous son aspect purement animal ou sous l'aspect composite d'une figure humaine à tête de crocodile. On craignait Sobek, car il appartenait au royaume du dieu Seth. Le dieu-crocodile, une fois maîtrisé et apaisé, était un protecteur efficace du pharaon.

Thot : Dieu protecteur de l'écriture, Thot était le patron des scribes. Il était également la divinité de la médecine, de l'astronomie, des arts et de la magie. En tant que détenteur suprême de la connaissance, sa tâche consistait à diffuser le savoir. Il était représenté par un ibis, un oiseau échassier des régions chaudes.

PHARAONS

Djoser (2690-2670 av. J.-C.): Second roi de la
IIIe dynastie de l'Ancien Empire. Son règne fut
brillant et dynamique. Il fit ériger un fabuleux
complexe funéraire à Saqqarah où se dresse
encore, de nos jours, la célèbre pyramide à
degrés construite par l'architecte Imhotep.

Khéops (aux alentours de 2604 à 2581 av. J.-C.):
Deuxième roi de la IVe dynastie, il fut surnommé
Khéops le Cruel. Il fit construire la première et
la plus grande des trois pyramides de Gizeh. La
littérature du Moyen Empire le dépeint comme
un souverain sanguinaire et arrogant. De très
récentes études tendent à prouver qu'il est le
bâtisseur du grand sphinx de Gizeh que l'on
attribuait auparavant à son fils Khéphren.

Djedefrê (de 2581 à 2572 av. J.-C.): Ce fils de
Khéops est presque inconnu. Il a édifié une
pyramide à Abou Roach, au nord de Gizeh,
mais il n'en reste presque rien. Probablement

que son court règne ne lui aura pas permis d'achever son projet.

Khéphren (de 2572 à 2546 av. J.-C.) : Successeur de Djedefrê, ce pharaon était l'un des fils de Khéops et le bâtisseur de la deuxième pyramide du plateau de Gizeh. Il eut un règne prospère et paisible. La tradition rapportée par Hérodote désigne ce roi comme le digne successeur de son père, un pharaon tyrannique. Cependant, dans les sources égyptiennes, rien ne confirme cette théorie.

Bichéris (Baka) (de 2546 à 2539 av. J.-C.) : L'un des fils de Djedefrê. Il n'a régné que peu de temps entre Khéphren et Mykérinos. Il entreprit la construction d'une grande pyramide à Zaouiet el-Aryan. On ne sait presque rien de lui. L'auteur de *Leonis* lui a décerné le rôle d'un roi déchu qui voue un culte à Apophis. La personnalité maléfique de Baka n'est que pure fiction.

Mykérinos (2539-2511 av. J.-C.) : Souverain de la IVe dynastie de l'Ancien Empire. Fils de Khéphren, son règne fut paisible. Sa légitimité fut peut-être mise en cause par des aspirants qui régnèrent parallèlement avant qu'il ne parvienne à s'imposer. D'après les propos recueillis par l'historien Hérodote, Mykérinos fut un roi pieux, juste et bon qui n'approuvait pas la rigidité de ses prédécesseurs. Une inscription provenant de lui stipule: «Sa Majesté veut qu'aucun homme ne soit pris au travail forcé, mais que chacun travaille à sa satisfaction.» Son règne fut marqué par l'érection de la troisième pyramide du plateau de Gizeh. Mykérinos était particulièrement épris de sa grande épouse Khamerernebty. Celle-ci lui donna un enfant unique qui mourut très jeune. Selon Hérodote, il s'agissait d'une fille, mais certains égyptologues prétendent que c'était un garçon. On ne connaîtra sans doute jamais le nom de cet enfant. La princesse Esa que rencontre Leonis est un personnage fictif.

Chepseskaf (2511-2506 av. J.-C.): Ce fils de Mykérinos et d'une reine secondaire fut le dernier pharaon de la IVe dynastie. Pour la construction de son tombeau, il renonce à la forme pyramidale et fait édifier, à Saqqarah, sa colossale sépulture en forme de sarcophage.